HINT

HINT

坂口安吾 著
侯詠馨 譯

正午的殺人

偽輕生計劃，坂口安吾偵探推理短篇小說集

導讀

無賴派文學大師的短篇推理小說集

◎林斯諺／推理小說作家、東吳大學哲學系副教授

坂口安吾（一九〇六－一九五五）是二十世紀日本前半葉重要的作家，畢業於東洋大學印度哲學倫理學科（現文學部東洋思想文化學科）。早年以創作純文學為主，同知名作家太宰治被歸類為「無賴派」（追求自由解放與反秩序的文學思潮）。坂口安吾在日本文學史上可謂是一個異數。雖然有著哲學背景並創作文學小說，卻始終對於歐美傳入的推理小說充滿興趣。當時歐美推理小說的典型樣

貌是後來被日本稱為「本格派」的所謂古典推理小說（以解開謎團為主的小說）。坂口安吾特別推崇范・達因（S. S. Van Dine）、艾勒里・昆恩（Ellery Queen）以及阿嘉莎・克莉絲蒂（Agatha Christie）等作家。

不像其他純文學作家對於推理小說只是偶一為之，坂口安吾對於推理創作有著高度熱情，推理小說創作量佔其小說總創作量的四分之一。也因為這樣，坂口安吾在日本早期推理史佔據重要地位。最常被提起的代表作便是長篇本格推理小說《不連續殺人事件》。這本小說榮獲第二屆偵探作家俱樂部獎（日本推理作家協會獎的前身），第一屆得主則是橫溝正史的《本陣殺人事件》。由於《本陣殺人事件》其實只有中篇的長度，而《不連續殺人事件》是紮實的長篇，可說是早期日本長篇本格推理小說的代表性作品。

一九四七年出版的《不連續殺人事件》也是坂口安吾筆下名偵探巨勢博士的初登場之作。巨勢博士系列共有長短篇各兩部。第二部長篇是《復員殺人事件》，但這本長篇在連載時因雜誌停刊而未完成。巨勢博士初登場時才二十九歲，「博士」也只是綽號，並非真正的頭銜；大學主修美學（這似乎反映了坂口安吾本人的哲學背景），卻又擁有豐富的雜學知識。巨勢博士沒有文學天分卻擁有高超的推理才能（這點與名偵探福爾摩斯十分相似），對人心也有透徹的洞察力。總體來說，巨勢博士在人物設定上符合歐美古典推理小說中的業餘天才偵探。本書收錄的五個短篇包括巨勢博士的兩則短篇探案以及三篇非系列短篇。從這五則短篇可以看出坂口安吾短篇推理作品在在題材上的特殊性與多樣化。

〈選舉殺人事件〉與〈正午的殺人〉是巨勢博士探案系列。〈選舉殺人事件〉的題材非常新鮮，以政治為題材的推理小說很常見，但以「選舉」本身為主題的作品就較少見。本篇的謎團非常特別：一個看起來不可能會從政的人竟然參選了，究竟是怎麼回事？身為記者的主角深入追查，情勢卻演變成凶殺案。巨勢博士在結尾充當安樂椅神探（用來指涉聽人講述案情就能破案的偵探），成功解決這起謎樣的事件。

〈正午的殺人〉講述暢銷小說家在自宅被謀殺的故事，是一篇非常典型的推理小說：先介紹案發前的背景與人物行動，嫌疑犯一一登場，接著兇案發生，警方介入調查，卻無法順利解決案件。巨勢博士一樣在末尾充當安樂椅神探，只聽案件關係人說明案情就當場破案。根據推理作家都筑道夫針對《不連續殺人事件》的解說，坂口安吾認為以本格推理小說而言，偵探只要在結尾出現即可（或至少其主要戲份集中在結尾）。如此安排通常是為了凸顯偵探高超的推理能力，畢竟檢警單位無法解決案件，但偵探一登場就解決，表示偵探是破案天才（鮎川哲也的長篇《黑桃A的血咒》是個很好的例子）。然而，根據都筑道夫所言，坂口安吾如此安排的理由似乎不是如此。無論如何，以故事的效果來看，本選集的兩篇作品安排巨勢博士在末尾才登場，仍舊十足襯顯出偵探的破案才華，符合本格推理小說對於偵探的人物設定。

〈投手殺人事件〉是本選集最精彩的一篇，也是篇幅最長的一篇。以棒球為題材的推理小說並不少見，例如東野圭吾的《魔球》或島田莊司的《最後的一球》。台灣推理作家對棒球也情有獨鍾，這方面有秀霖的《國球的眼淚》、張啟疆的《球謎》、唐嘉邦的《野球俱樂部事件》（第六屆島田莊司推理小說獎首獎作品）。甚至美國知名推理評論家兼藏書家奧圖・潘茲勒（Otto Penzler）也曾經編選過一本以棒球為主題的短篇推理小說集——《棒球場上的謀殺案》（*Murderer's Row*），集結許多推理作家以棒球為題材的短篇。

艾勒里・昆恩也寫過數篇運動推理系列，包括棒球推理〈人咬狗〉（收錄於一九四〇年出版的短篇集《昆恩再次出擊》[*The New Adventures of Ellery Queen*]）。〈投手殺人事件〉發表於一九五〇年，除了具備複雜的故事結構，也深入描寫了棒球界生態，包括球員的恩怨糾葛與背後的商業競爭。值得一提的是，本作模仿昆恩小說的作法，在解謎篇之前插入了給讀者的挑戰書，宣稱所有破案線索都已經提供給讀者，只要按照邏輯，便可以推理出真相。在早期的昆恩探案中，破案之前都會插入「給讀者的挑戰」（Challenge to the Reader），這也是昆恩首創的橋段，時至今日仍有推理作家沿用此橋段。

前面提過坂口安吾鍾愛昆恩的作品，在此可見本作受到昆恩的影響。這個橋段在《不連續殺人事件》也用過（縱然《不連續殺人事件》受到阿嘉莎・克莉絲蒂的影響可能多了一些）。通常作者會發給讀者挑戰書，表示作品有一定份量，作者也對作品有信心。〈投手殺人事件〉的確是本選集的扛鼎之作。喜歡棒球的讀者切勿錯過。

〈南京蟲殺人事件〉涉及貴重物走私、毒品與謀殺案，並以父女檔刑警為主角，解決這起看似社會派卻實則解謎味十足的小說。本作具備懸疑性與意外結局，題材特殊有趣，破案角色的安排也十分有趣，可謂本選集的異色之作。

〈山神殺人〉是一篇以戰後為背景的犯罪小說。開篇以買凶殺子的新聞鋪下了故事的經緯。一個人是如何走向犯罪一途？這是犯罪小說的核心課題之一。本篇以宗教為題材述說了一篇出色的犯罪故事，讀來赤裸寫實。讓人見識到坂口安吾並非只專注在解謎推理小說的創作。

總地來說，從本選集可看出坂口安吾的短篇推理作品不拘一格，注重解謎推理，但也不因此而受限。確實，坂口安吾的推理創作甚至延伸至所謂的「捕物帳」小說，著有《明治開化安吾捕物帖》，以明治時代為舞台展開一系列的探案故事。由此可見坂口安吾在推理小說這個領域的創作相當多樣化，值得讀者欣賞與關注。

目次

輯二　計劃謀殺篇

輯　一

偵探巨勢博士篇

選舉殺人事件

宣傳車的下一個停車地點是賞花勝地。在晴天、溫暖的天候之下，賞花人潮絡繹不絕。三高就在人潮的正中央演講，眞辛苦。

在三高木工所的入口，貼著「選舉期間歇業」的海報。身為候選人的老闆倒是沒受到什麼影響，不過員工應該很困擾吧。向左鄰右舍打聽後，得知——

「他們的員工加上學徒，加起來大概七、八個人吧。所有的人都在忙選舉活動，就算沒在做生意，也是忙得不可開交哦。」

三高吉太郎這一號人物，在二次大戰結束後來到本地生產冰箱。目前則是聘請工匠製作木作家具，是這裡的首富。不過，最近人們都議論紛紛，認為這次參選可能會讓他散盡家財。

選上議員之後，也許能賺錢吧，不過，參選時應該賺不到錢。儘管這也是替商店宣傳的手法，對於生產冰箱與櫥櫃的商店來說，應該沒什麼效果吧。

「總而言之，他是個政治狂熱份子吧。」

每個人都這麼說，不過，事實似乎不是這麼一回事。

寒吉家就住在附近，這些傳聞自然會傳進他耳裡，也許是出於報社記者的直覺，他總覺得其中也許有什麼隱情。

然而，像他這樣的無名小卒，既沒地盤也沒勢力的候選人，又會有什麼樣的隱情呢？有些候選人被推派的目的是分散別人的票源，不過，若是想要搶到別人的票，必須有一定程度的地位與勢力。三高吉太郎什麼都沒有。頂多拿個一百票就很了不起了。

「可是，人不會毫無理由地去做一件事。就連瘋子也不例外。」

這是某本心理學叢書上寫的句子，寒吉認為完全符合他的情況。

「為了趕流行嗎？」

也許是外表正常，內心略微瘋狂的街頭憂國之士吧。說不定他到佛堂演講，身邊的人也不會察覺。直到發病之前，鄰居也不會發現他是瘋子。

不過，寒吉正好在下班回家的路上，在車站前方聽了他的演講。那簡直是稀奇到了極點的事件。

「在下是三高吉太郎、三高吉太郎。（向前後左右行禮致意）請各位仔細記住這張臉。在下正是三高吉太郎。（有人喊「帥哥」）哪裡哪裡，在下一點也不帥。（有人叫「別客氣」）在下有自知之明，臉和腦袋都很抱歉。（人們哄堂大笑）就算我選上議員，日本的政局也不會有什麼變化。（有人說「那當然」。人們笑得更大聲了）在下反對重整軍備，要是日本重整軍備，將會超出國家的負荷。首先，我們應該追求國民的安定生活（以下省略）」……總之，主旨與報章雜誌上最常見的反對重整軍備相關。了無新意，也沒有什麼偏激之處。甚至連話都講得不清不楚。

「為什麼要參選呢？」

他實在是難以理解。於是他打算直接詢問本人。這是報社記者的壞習慣。即使直接採訪本人，也不一定能聽到真心話。更別說是另有隱情，不僅不會說真話，說不定還會玩弄詐術，讓人誤入陷阱。想要知道真相，最好還是拐彎抹角地查探。儘管心裡明白這個道理，還是很想與當事人見上一面，這也是記者的本能。

寒吉在夜裡造訪三高木工所。出來應門的是一名年約四十歲，長相凶惡的男子，接過他的名片後，對方突然發出哈哈大笑，怎麼也停不下來。

「我看看。報社記者？啊哈哈。報社啊？啊哈哈。啊哈哈啊。啊哈哈哈哈哈。」

這個笑聲一直持續到將寒吉帶進後方的房間，即便介紹完老闆，笑聲也不曾停歇。三高看似不悅地皺著眉頭，卻沒有制止他的笑聲。看來，在競選期間，他打算凡事忍讓到底。

「今天來訪，是想請教您參選的感想。」

「輕鬆點，別那麼拘謹。」

雖然他跟一般候選人一樣機靈，不過，看起來依然像極了門外漢。光是這一點，寒吉對他的印象就不差了。

「請問您是第一次參選嗎？」

「是的。」

「為什麼之前都沒參選呢？」

「這個嘛。總之，這是在下的娛樂。因為我正好有一筆小錢。這也是娛樂的來源。要有錢才能有娛樂，您說對吧？雖然鄰居們都很擔心，不過，我可以清楚地說。這是娛樂，所以無所謂。也不要管我。請讓在下實現真正的心願吧。」

「您真正的心願是指？」

「娛樂。實現娛樂的心願。」

「恕我失禮，請問您平常都習慣自稱在下嗎？」

他好像嚇了一跳，眼看著他漲紅了臉，

「不好意思。平常都是自稱我……」

方才狂笑不已的男子來到房間的角落，這次則嘻嘻笑了起來，寒吉有點同情三高。

「雖然您以無黨派的身分參選，還是想請問您比較支持哪一個政黨呢？」

「應該是自由黨吧。我們的理念大致相同。不過，我認為他們應該更致力於照顧、培育中小企業。在下對這一點感到十分不滿，這也是在下想要傳達的……」

聽到對方轉為演講的語氣，寒吉為了岔開話題，大聲提問：

「方便請問您崇拜的對象嗎？」

「崇拜的對象？……」

「或者是崇拜的前輩。政治方面的前輩。」

「在下沒有崇拜什麼前輩。在下都是獨立獨行。自始至終獨立獨行。」

他加強了力道說著。他身旁放著芥川龍之介的小說集。與他非常不搭調。

「請問那本書是誰的呢？」

「這本？啊，這是在下的。」

他從膝畔取出兩、三本書。是太宰治。

「您覺得有趣嗎？」

「很有趣。是值得一笑的書。」

「很好笑嗎？」

「非常好笑。這本則比較難懂。」

說著，他拿出一本岩波文庫。接過來一看，是北村透谷[1]。

「您的學歷是？」

「國中肄業。在下經常閱讀。不過這幾年很少讀書。」

「您現在不是還在看書嗎？」

他並未作答。看來好像累了。

「您認為您可以得到幾票呢？」

問了這個問題後，他用陰鬱的眼神掃了一眼便移開了視線，也沒有回答這個問題。那是一個彷彿可以看到他真正心意的陰鬱眼神。

「這就是他的真心話！」

寒吉將這一天的情況藏在心底。其他的話都是虛晃一招。如同勉強又拘謹的「在下」一詞。

「總而言之，一定有什麼隱情。」

寒吉下定決心，一定要找出真相。

下一個假日，寒吉一大早就準備妥當，跟在三高吉太郎的宣傳車後方。為了逐一確認他在哪裡做什麼，寒吉向部長千拜託萬拜託，好不容易才借到一輛公司的車子。要在哪裡做什麼？跟誰見面？會發生什麼事？他可是被部長笑了一頓。

「你說有隱情，你希望找到什麼呢？」

「像是走私。或是跨國間諜……」

「我說寒寒啊。選舉是特別醒目的活動。而且還會受到監視。監視有沒有違反選罷法。不過監視的目的可不只是看你有沒有違反選罷法哦。你覺得有犯罪者會特地利用嚴密監視的選舉來犯罪嗎？算了，既然你胸有成竹，這也是學習的

譯註1　一八六八—一八九四。日本評論家、詩人。

機會。你就放手去做吧。」

出於同情，部長還是幫他借了車子。要是什麼都沒發生，他就沒臉見同事了。

三高的宣傳車駛入紅線區[2]。竟然在花柳巷開始演講了。「抓到了！」寒吉感到雀躍不已。

對流鶯演講，無異是對牛彈琴。基本上，流鶯的流動率非常高，很多人根本沒有去申請搬遷[3]，大致上都是沒有選舉權的人。就算有選舉權，也不可能專程去投票。假設他們會去投票，一定是地方上的大老，將所有的選票全都包走了。跟地方大老完全無關的人，在這裡演講也只是白費力氣。就連選舉門外漢都明白這個道理。

「為什麼要在這裡演講呢？」

其中一定有什麼原因。寒吉把車子藏好，走到附近窺探情況。

三高一如往常，先向四面八方掬躬行禮，又說起反對重整軍備。紅線區的客戶以那方面的軍人為最大宗。對這些有戰爭才有錢賺的流鶯來說，叫他們反對重整軍備，怎麼會有用呢？也許是因為這個關係吧，根本沒有人聽他演講。因此，一眼就能看清楚目前的情況，什麼事都沒發生。儘管對方根本沒事，寒吉可是忙得很。

「喂，小哥。要不要一起玩啊？」

「我在工作。」

「你在做什麼工作？黑社會嗎？」

「幽會啦。」

「人家就在這裡等你耶。哼，不管你了。」

流鶯們動手動腳地，貼在他身上。他拚命把她趕走，逃了出來。到了下一個

譯註2 一九四六—一九五八年，日本政府半公認的紅燈區。

譯註3 在日本搬家時需要各地公所申請搬遷。

躲藏的地點，又來了另一個。不管他躲在哪裡，一定會碰上流鶯。拜她們之賜，實在沒辦法專心監視，不過，在他視線所及之處，完全沒有發生事情，三高的演講就這樣結束了。

宣傳車的下一個停車地點是賞花勝地。在晴天、溫暖的天候之下，賞花人潮絡繹不絕。三高就在人潮的正中央演講，真辛苦。

他似乎不會視場合演講不同的內容。在渺無人煙的花柳區，他一樣也是向四面八方行禮，演講方式也有固定的模式了。

「在下是為此參選的三高吉太郎、三高吉太郎。請各位仔細記住這張臉。在下正是三高吉太郎。」

一如往常地開場白，就連不怎麼關心的賞花客都哄堂大笑，沒想到竟然吸引了不少人潮，不過他們都喝了不少酒，吵吵鬧鬧的。其他不在中央區的座席，也非常熱鬧。來到最吵的那個座席，有個戴著玩具假髮髻的醉漢。不過，仔細一看，那是前幾天夜裡，造訪三高時引領他進出，那名長相凶惡、不停狂笑的四十歲男性。「哦，他是暗椿。」

原來如此，他真的很適合當暗樁。提前來到賞花地點，假裝醉漢，這個工作實在很適合他。然而，他好像真的喝醉了，他在座席只會說一些挖苦三高的話，完全不像暗樁該說的話。不過，他說的話也很適合當下的情況吧，在已經喝醉，宛如一座黑山般的聽眾群中，要是吐出正經暗樁該說的話，不僅會被嘲笑，說不定還會成為悲慘的猴戲呢。總之，就算會被嘲笑，開心愉快還是比較重要。

「請將您寶貴的一票投給三高吉太郎，三高吉太郎，拜託、拜託！」

在大叫聲中結束演講，稀稀落落的笑聲與掌聲跟著響起，

「好哦。別擔心。我支持你！」

「對了，你在哪一區啊？」

甚至還有這樣的加油聲。

三高的宣傳車小心翼翼地經過賞花區之後停下來。接著，三高脫下候選人的

背帶，在競選工作人員的簇擁之下，回到賞花的人群中。他們也在櫻花樹下，喝起酒來。

「從來沒聽過候選人來賞花。這個候選人愈來愈奇怪了。」

寒吉只覺得目瞪口呆。雖然寒吉也帶了便當過來，可沒準備酒。這也是理所當然的。他是來工作的。不過，三高先生一行人卻準備了好幾瓶酒。既然都已經在這裡安排好暗椿了，看來他們肯定打算在這裡飲酒作樂吧。

「看來他是一個會妥善安排的人呢。說不定他也會安排更複雜的活動呢。事情愈來愈有趣了。」

寒吉心想，說不定會有什麼人物，來到這場掩人耳目的酒會，偷偷見面吧。不過，隨後與他們會合的，只有之前那位長相凶惡的暗樁。不久，一行人好像都喝醉了。一群人吵了起來。

寒吉刻意躲到比較遠的地方，避人耳目地監視著，所以他不知道爭吵的原因。雙方突然一陣拉扯。打架的一方是暗樁。在他視線所及之處，暗樁是挨打的一方。打人的是一名選舉工作人員，並不是三高。等寒吉衝過去的時候，已經圍起一道人牆。爭執已經結束了。暗椿拍拍灰塵，正要離開。離開時還不停大笑著。

一個人被同伴抱著，正在哭泣。哭泣者是三高。三高被同伴一左一右地攙扶到宣傳車去了。似乎沒有人發現那名哭泣的男子正是方才發表演講的候選人。這裡並不是唯一一場打架現場，哭泣的男人也不只他一個人吧。在這裡可是能看到各種醉漢呢。

三高一行人搭乘宣傳車離開了。暗樁也不曾再回到現場。

三高的宣傳車直接開回家去了。喝醉酒的人總不能再發表選舉演講，這一天的行程似乎就這樣結束了。

三高哭著被帶走的時候，寒吉便直覺一切都結束了，對方不知道哭著大叫什麼，寒吉立刻跨大步走到他的正後方，他的叫喊聲幾乎會讓人大吃一驚，既悲壯又痛快。

「悲慘世界。悲慘……」

他像個鬧脾氣的孩子，揮舞著手腳，一邊叫喊。

「別縮手。悲慘世界。悲慘……」

接著就被帶進宣傳車裡了。

「唔唔。」

寒吉不禁低吟，領悟自己的失敗。

「在下無話可說。」

後來自然不消多說，他喝悶酒去了。

第二天相當晚的時候，他出門上班的路上，正好看到三高的宣傳車載著他本人，家人來到馬路上送他出發的情景。婦女似乎是他的夫人，外表出乎意外地年輕，不僅看起來和善，還有點可愛。她還背著一個嬰兒。

「爸爸，加油！」

說著，她抓起嬰兒的手揮舞著。宣傳車開走了。見了此情此景，寒吉感到一陣悸動，又改變了心意。不肯放棄的念頭再次蠢蠢欲動。

「對了！我還可以請教夫人的意見。我都忘了。報社記者一定要走遍天下，追逐每一個話題才行。」

於是，他叫住夫人，徵得短暫地提問時間。

「昨天，您先生回家時喝醉了，對吧？」

「是的。他平常明明不喝酒的……」

「哦哦。他平常滴酒不沾嗎？」

「選舉之前才開始偶爾喝點酒。不過，從來沒喝得那麼醉。」

「為什麼會這樣呢？」

「我也不太清楚。都是選舉害的吧。誰叫他要參選呢。」

「夫人，您反對先生參選嗎？其他人好像不反對呢。」

「選得上的人當然不一樣啦。我們家只能花大錢，有夠蠢的。為了選舉還要自暴自棄地喝悶酒，未免太奇怪了吧。」

「那是喝悶酒嗎？」

「大概吧。連我都想喝悶酒啦。」

「您先生為什麼要參選呢？」

「我也想知道啊。」

「他有沒有說什麼呢？像是喝悶酒，喝個爛醉的時候。」

「他才不會說呢。他明明是個溫和的人，一旦下定決心，卻會堅持到底，很頑固呢。也許有什麼內情吧，他也不肯向我透露哦。」

夫人語帶哭聲。不過，寒吉可是開心了。果然有什麼隱情。連夫人都不能透露的祕密。因為不能失敗，才會喝悶酒。要是這件事一點也不值得懷疑，天底下還有什麼值得懷疑的事呢？不過，所謂欲速則不達。既然夫人不知道他的祕密，不用急著向她打聽，寒吉決定先攏絡夫人。

「您一定很擔心吧。不過，三高先生也是拚了老命，請您盡可能地鼓勵他吧。」

「我也是這麼想。而且，我會暗中運作，希望能多拉一票是一票。」

「欸。您這可不行啊。如果您在暗中運作，會違反選罷法哦。」

聽了寒吉的話，夫人仍然一臉若無其事，看來她過著不知世事的日子，根本不清楚什麼是違反選罷法吧。也許她沒受過什麼教育。外表看來雖然很善良，也像是很少看報紙的女人。這時，寒吉花了一番工夫解釋什麼是違反選罷法，也許是他的親切打動了她，她笑瞇瞇地說：

「謝謝。不過我所謂的暗中運作，只是去向神明拜拜而已。」

她依然一臉若無其事的模樣。

寒吉回到公司向部長報告。

「打架的原因是什麼？」

「我也不清楚，大概是暗椿沒有好好工作，才會被教訓吧？有些人喝醉酒就想動手啊。」

「這樣一來，哪有什麼奇怪的地方。」

「連老婆都不知道他參選的祕密耶。」

「白癡。那是因為沒有祕密。」

「原來如此。」

「不過，應該可以寫一篇報導吧。賞花飲酒作樂的候選人。你寫吧。」

「別這樣嘛。我可不是為了寫這種報導，才浪費一整天耶。給我等著瞧！」

「蛤？你還不放棄嗎？」

「我才不會放棄呢。別小看我這個狐狸寒寒的第六感，出錯的機率可是……」

「中了！」

「沒錯！」

寒吉在柏青哥店窩了半天，排解鬱悶的情緒。

寒吉有隨手寫下小細節的習慣。身為社會線記者總是遵守著不可縱放任何細節的戒律，閒暇之餘，他總會拿出來鍛練自己的心眼。

「就是這個！等著瞧吧！」

筆記本上寫著「一個彷彿可以看到他真正心意的陰鬱眼神」。這正是能讓他立大功的關鍵。只要他能掌握這個眼神。

不過，後來並沒有其他值得注意之處。

「打架果然還是要歸類為奇怪的事吧。在花柳巷演講也不是一般人幹得出來的事啊。仔細想想，全都很奇怪啊。看我的。每天早上都去拜訪夫人吧。她長得肉肉的，其實滿可愛的啊。每天早上去拜訪，也算是有心吧。」

他在奇怪的地方下工夫，不忘在每天早上的上班途中，去拜訪肉肉夫人。順便帶著他在柏青哥贏來的牛奶糖當禮物。

慢慢的，他跟肉肉夫人的交情愈來愈好，參選的祕密卻與此呈反比，印象愈來愈薄弱了。這是因為，自從他們混熟了之後，夫人就不曾再流露出擔心的模樣了。

「要是我先生選上議員，我該怎麼辦？我不就變成議員夫人了嗎？」

她甚至會沒來由地脫口說出這種話。

「真是個蠢女人！」

寒吉只能嘆氣，不過又覺得她是一名可愛的女性，除了每天早上登門拜訪的目的，這成了他的另一個樂趣，真是不知羞恥。

不久，選舉結束了。三高吉太郎得到一百三十二票。超過一百票已經是謝天謝地了。事情就這樣平靜地劃下句點。

這時發生一起事件，國小的地板下方發現一具無頭屍體。那所小學就位於三高木工所的後方。未能得知屍體的身分。

★

隨著這起事件發生，寒吉感到一股不尋常的悸動。他沒來由地認為，這起事件似乎與三高有所關連。儘管三高木工所重新開工，仔細一看，卻怎麼也找不到那名長相兇惡的暗椿。屍體差不多快要腐爛了，據說大概是死後兩個星期左右吧。正好是在賞花時被殺害的屍體。話說回來，自從賞花之後，寒吉就不曾看過暗椿了。話說回來，自從賞花之後，他只會在三高的宣傳車出門後，稍微拜訪三高的家，也許是這個緣故，他鮮少見到工作人員。

不過，要是那名暗椿男下落不明，應該會引起一些騷動吧，倒也沒發生什麼騷動。寒吉佯裝若無其事地經過三高木工所，詢問在那裡工作的年輕男子。

「選舉結束之後，你們的員工是不是少啦？」

「沒少哦。跟原來一樣。」

「不是有一個年約四十歲，長相兇惡的人嘛？」

「四十歲？應該是我們的老大吧？」

「不是老大哦。」

「我們這裡有四十幾歲的工匠嗎？我們全都是年輕人哦。」

「選舉的時候不是有嗎？」

「選舉的時候我們歇業哦。」

「他在幫忙選舉工作啊。」

「選舉的時候有很多人來幫忙啊。」

「去賞花那裡演講的時候，不是有一個暗樁男嗎？」

「我不知道那一號人物啊。選舉的話題無聊死了。別說了。」

惹對方生氣了。他似乎沒有刻意隱瞞的意思，也不怎麼想聊起選舉的話題。

不過，這好像是因為選舉的結果是那種見不得人的得票數吧。可能也是因為聊到選舉的時候，就會讓他感到自己似乎被瞧不起，才會這麼乖僻吧。

接下來，從肉肉夫人那裡打聽，也是另一種方法，不過，選舉結束之後，他也找不到什麼理由跟夫人約見，所以遲遲無法鼓起約見的勇氣。他趁休假的時候，在大馬路埋伏，等了半天，好不容易才見到出門購物的夫人。

「選舉的時候，我借了東西給三高先生的工作人員，請問他還在嗎？」

「工作人員全都還在啊。因為是我們的員工嘛。」

「可是我沒找到耶。」

「怎麼可能。沒有人辭職啊。」

「是一個年約四十的男性哦。我第一次前往府上拜訪時，負責接待我的男性。」

「有這一號人物嗎？」

「有啦。不是有一個像瘋子一樣放聲大笑的男人嗎？」

「我知道了。是江村先生吧。他不是我們的員工。也不是我們家的人。更不是選舉工作人員哦。只是偶爾會來幫忙，後來偷了錢，就不曾再出現了。」

「他偷了府上的錢嗎？」

「是的。他偷了選舉費用，差不多十萬圓吧。畢竟當時在選舉嘛，事到如今，傳出去也不太好，所以我們沒打算告他。真是個爛人。」

「請問偷錢發生在什麼時候呢？」

「我也不太記得了。只要借他東西，都是有去無回哦。我們會想辦法的，請您跟我先生說吧。」

「也不是什麼重要的東西啦，只是見了夫人之後，才想起這件事，隨口問問而已。那傢伙到底是什麼人啊？那男的長得一臉兇惡的模樣。」

「好像是以前認識的人。我們結婚之前的事了。我也不知道是什麼樣的朋友，總之不是什麼好東西。先生還沒認識我之前交的朋友，總覺得不太放心，很討厭呢。都是他害的，讓我連帶覺得先生也讓人不安了。」

「他有那麼討人厭嗎？」

「我的直覺哦。不過，我們家的人、員工們，全都很討厭江村先生哦。聽說慫恿先生參選的，可能也是江村先生。」

「他沒有輔選，也沒擔任總幹事吧？」

「那也是因為我們不想讓壞人露臉啊。最後還是讓他偷錢逃走啦。」

「不是才十萬圓嗎？」

「還不夠多嗎？」

「就選舉費用來說，算是小錢吧。府上也花了一、兩百萬圓吧？」

太好了，夫人果然害怕違反選罷法，並未回答。

「我並不是想要找回被借走的東西，不過，可以請您安排我與先生見面嗎？」

「好吧。雖然是別人幹的好事，只要跟他有關，先生一定會妥善處理。」

特地等了三、四天，寒吉才在晚餐過後，穿著一身休閒的和服拜訪三高。見了他之後，三高便問：

「聽說江村跟您借了什麼東西。」

「沒事，那件事不要緊。話說回來，聽說您蒙受重大的損失。」

「沒什麼。這也包含在選舉費用之中。這樣一想就沒事了。現在連想起選舉都覺得很討厭。」

夫人接著說：

「四、五天前，我們把選舉用的物品全都燒掉了哦。店裡的年輕人也覺得很煩悶，一直吵著說這也要燒、那也要燒呢。就連選舉事務所使用的桌椅，都痛快地燒掉了。反正放在這個家也是佔位置，燒掉也無所謂就是了。」

寒吉心頭一凜。要消滅犯罪的痕跡，化為輕煙可是最好的方法。

不過，說到四、五天前，時間也過太久了。打從發現某人的屍體之後，已經過了十天。如果想要湮滅證據，應該更早燒掉才對。他打量房間內部，已經找不到芥川與太宰的書了，只剩下一些通俗的雜誌類，便問：

「請問您已經不看芥川與太宰了嗎？」

夫人回答：

「那些也燒掉了啦。」

三高呵呵地發出有氣無力的笑聲。八成是苦笑吧。

「那些怪書，沒有比較好啊。平常也沒在看那種書。」

「只有選舉的時候才看嗎？」

「選舉之前就很熱衷了，那可是自殺的人寫的小說耶。根本不好玩。可是，只有一本書，我還想在選舉之後看看呢。《悲慘世界》。」

「《悲慘世界》？」

「尚萬強（Jean Valjean，《悲慘世界》的主角。）嘛。結婚之前，我就聽過這本書了。」

寒吉啞口無言，說不出話來。

「悲慘世界」不是喝醉後哭泣的三高說的話嗎？三高也許是喝得太醉，已經不記得了，現在也面不改色地露出苦笑。

「當時說的話，似乎有什麼深刻的意義。」

一想到這一點，寒吉只覺得坐立難安，無法壓抑自己的情緒，便急著告辭回家，翻閱自己的筆記。

★

筆記上寫著當時的對話，

「悲慘世界。悲慘……」

三高哭著。又說：

「別縮手。悲慘世界。悲慘……」

三高揮舞著手腳、掙扎著，依然哭著。這是筆記上寫著的內容。僅此而已。

如果只有這樣，倒也不覺得有什麼別的意涵。因為這是他速寫的心得，所以對話的內容應該正確無誤。

「好奇怪啊。他為什麼要讀尚萬強呢？尚萬強跟芥川與太宰的小說，又有什麼關係呢？雖然肉肉夫人說是自殺者的小說，其他的也是自殺者的小說嗎？」

看著筆記上三高的說辭，最難解讀的應該是北村透谷。調查之後發現，他也是在明治初年自殺的文人之一。也可以說是自殺文人的始祖。

不過，《悲慘世界》的作者雨果並非死於自殺。查閱百科辭典後發現，他甚至成為法國的首相，既是政治家，也是文豪。

「這就是他政治狂熱的根源嗎？不過，先生在選舉演講時從未提及雨果與尚萬強耶。也沒提到芥川和太宰。沒有文學方面的表現。他從來不曾提過任何一句從這些書上讀到的話。」真是令人費解。哭著大叫「悲慘世界」，怎麼也不像醉漢的胡言亂語。平常只看通俗雜誌的男子，突然看起《悲慘世界》、芥川或太宰，實在是非比尋常。至於岩波文庫的北村透谷，身為報社記者的寒吉也頂多聽過他的名號，根本不知道他也是自殺的人，幾乎是已經無人聞問的文人了。要是沒有重大的理由，三高應該不會把這些書放在手邊。

「這幾本東西方的文學書，有沒有什麼一貫的共通性呢？要是能了解這一點，也許就能解開謎團了，可是，我對文學的了解太淺薄啦。對了。去問問巨勢博士吧。」

他口中的巨勢博士，根本不是博士，而是一個學識淵博的怪咖，年紀與他相仿，是一名未滿三十歲的私家偵探。在兩、三年前，輕鬆愜意地解決了一起前所未見的不連續殺人事件，一舉成名的小混混。

「那個小混球的運氣一直不錯，去找他聊聊吧。」

於是，寒吉直奔兒時玩伴的偵探事務所。

★

巨勢博士安靜地聆聽寒吉的話，頻頻發問，而且專心地翻閱筆記。

不久，他開始展露他的興致。

「你寫筆記的才能，真教人敬佩。你一定會在工作嶄露頭角。說不定會成為報社記者之尊呢。不過，你沒辦法逮捕凶手，這是為了你好，你還是不要發揮偵探的才能好了。盡量來依靠我的智慧吧。我會幫你在筆記寫下一行結論哦。寫下凶手的名字。」

寒吉心頭不太高興。每次跟這個小混球碰面，他都覺得心裡不太舒坦。他終於重新確認過去種種嚴肅的歷史，這才察覺「可惡，不該來的。」

「把筆記還給我。我要走了。」

「等我幫你寫下一行結論再走也不遲嘛。這是你加薪的機會耶。在這份筆記裡，有一個大紅包，靠你的力量可是拿不到呢……」

巨勢博士用力按住筆記本，以免被拿回去，

「去讀一下北村透谷吧。只要知道他們三個是自殺的文人，你的注意力應該會更敏銳吧。自殺的文人也不只他們。近期還有牧野信一、田中英光。可是，他手邊卻沒有這些書。大概是因為書店沒有賣，他買不到吧。既然他已經從北村查到太宰了，應該也知道其他自殺的文人吧。這是因為，在某個理由發生之前，他根本不知道任何一個自殺文人的名字。他不懂文學的證據，就是說了太宰的書是值得一笑、有趣的書。因此，可以得知他並不是依循著文學途徑去讀這些書，只是基於某個理由，才整理、得知的名字。如此一來，我們就能得知他整理這些的意義了。也就是……自殺。他本人大概抱著想自殺的心情，才會興起閱讀自殺文人的書的念頭吧。」

「別說得好像你很了解似的。」

「恕我失禮。你報社記者的直覺正中紅心了。雖然你的箭命中目標，不幸的是，你沒看到靶心在哪裡。就像高手的飛鏢在一片黑暗中打倒看不見的敵人一般。你的技巧有模有樣，看來很逼真呢。可笑的是，我似乎比你還清楚怎麼分辨靶心的位置呢。誠如他為了某個原因去讀一些自殺文人的書，讀《悲慘世界》當然也是出於某種原因。你的猜疑是正確的。哭著大叫『悲慘世界』之時，三高不是完全曝露了他的祕密嗎？」

「你少在那邊胡說八道。他只是在說悲慘世界吧。」

「他說的是『別縮手。悲慘世界。』」

巨勢博士嘻嘻笑了。

「那又怎樣？」

「你回想一下自己的筆記吧。三高揮舞著手腳，說『別縮手』。你不覺得他的說法不怎麼合理嗎？如果不希望對方縮手，應該緊抓著不放才對吧。可是，他卻揮舞手腳，想要遠離他人，為什麼他要做這個動作呢？」

「我的耳朵、我的速記都是正確的。」

「是在下的耳朵、在下的速記吧。身為一名紳士，可別放棄平常的嗜好哦。」

「筆記還來。」

「你的筆記是正確的。只不過，對於發音相近的字，你的解讀出了差錯。那並不是指**別縮手**的意思，而是**別說**某個祕密，悲慘世界、悲慘……，你必須這樣解釋才行。」

寒吉覺得自己彷彿被棍棒痛揍似地，呆若木雞。他差點站起來，巨勢博士則笑嘻嘻地阻止他，

「還早呢。冷靜、冷靜。三高大概在選擇演講的開頭，就說了自己是尚萬強。看看你的筆記。看到了嗎？在下是這次參選的三高吉太郎、三高吉太郎。請各位仔細記住這張臉。在下正是三高吉太郎。這段。也就是說，他也在悲慘地大叫，除了三高吉太郎之外，這還是某某人的臉。那個某某人也就是尚萬強。也就是成為馬德廉市長之前的尚萬強。換句話說，三高吉太郎的前身是某某人哦。我想可

能是受刑人吧。說不定他跟尚萬強一樣，都是逃獄的人。我想當時的同伙可能是那個叫做江村，面相兇惡的男人吧。」

「他為什麼要大叫呢？」

「要求我說明這一點，可不是報社記者該採取的方法吧？不過，我想他應該是自暴自棄吧。他肯定曾經考慮過自殺。可是看他想到參選這一招，我想他應該打算隨波逐流了吧。『認識我的人，你們給我出來！』說不定是因為這樣的自暴自棄呢。從那時起，他好像開始喝悶酒，我才會猜測事情該不會是這樣吧。於是，他把自己辛辛苦苦賺來的財產，大把大把地砸在選舉上。如果要受到江村威脅，落得一無所有，不如光明正大地露臉，『有辦法威脅我就來啊，活該！』當時大概也是抱著這樣自暴自棄的心態吧。他的心情倒也不難理解。可是，他真正的想法應該是不想被別人發現自己真正的身分，也不想落得一無所有吧。因此，他才會自暴自棄地在演講時說『請各位仔細記住這張臉。』喝醉酒又哭著說『悲慘世界，別說』。最後，三高才殺了江村，喂，我說你啊。

想不想領大紅包啊？」

巨勢博士笑著把手從筆記本上拿開。他的表情卻愈來愈認真。寒吉像是對著他的表情回答，點了點頭。接著，他拿起筆記本，收進口袋裡。

幾天後，三高吉太郎在寒吉的陪同下自首了。隨後，寒吉的獨家報導也為他帶來一個大紅包。

巨勢博士的推理幾乎完全無誤。三高與江村是在二次大戰剛結束時，從北海道監獄逃亡的受刑人。

正午的殺人

他殺的話，凶手就是久子。因爲沒聽見隔壁傳來的槍響，實在讓人難以置信，所以各大報社似乎都把目標放在這裡。

郊外電車在十一點三十五分抵達F車站。從首班車到末班車之間，每隔三十分鐘會有一班電車來到F車站，下一班的抵達時間是十二點五分。這樣可能會趕不上截稿時間。

「還剩五十天啊……」

文作走下電車，嘆了一口氣。流行作家神田兵太郎為文作的報社寫連載小說，目前已經寫了一百回左右。在約好的一百五十回截止之前，他每天都要在相同的時間，前往F車站。再花十分鐘，從車站走到神田家。

一名身著洋裝的年輕女子走在前方。

文作直覺地想：

「她應該也是要去神田家吧。」

沿著旱田小路一直走到山丘，有一座神社。從那裡走上山丘，盡頭處便是神田兵太郎的家。附近沒有其他人家，是一個十分不方便的地方。

女子在神社前佇足，似乎猶豫不決。從後方趕上的文作，毫不猶豫地上前攀談。

「請問您要去神田先生那邊嗎？」

「蛤？」

「神田先生家要從這裡轉彎，在山丘上哦。」

「嗯……。我知道。」

「哦哦。抱歉打擾了。」

文作行禮致意，非常驚慌地走上山丘。這是因為那名女子的年紀大約二十一、二歲，生得沉魚落雁，驚為天人。

「嚇死我了。想不到神田家的訪客之中，竟然有這麼可愛的女生。都有資格當選日本小姐了吧？她可以說是典型的美女吧。太端正了，感覺反而有一點冷冰冰的。再說，她對我不理不睬，眼光太差了吧。」

他從記者朋友口中聽說，前往神田家的女記者之中，有一名叫做安川久子的美麗雜誌記者，說不定就是她吧。雖說是流行作家，神田兵太郎可是著作銷量好幾十萬的流行作家，並不是那種每個月寫個不停的流行作家。因此，要得到他的稿子可不是一件容易的事，不過，最近一家女性雜誌每個月都會刊載他的作品。聽說這也是打從他們派出安川久子這名美女記者之後，才得到的特別待遇。

「真是搞不懂神田兵太郎。有人說他性無能，也有人說他是同性戀。可是美女記者又能馬到成功，真搞不懂他到底是怎樣。」

按下神田家的門鈴，毛利朱美出來，帶他來到大廳。這棟西式建築有一個十分講究，幾乎到了誇張程度的大廳，還有幾個小房間。今年六十歲的神田兵太郎，近年來熱衷於空手道。總會趁著工作空檔在大廳練習招式，差不多會練上一個小時，再去洗澡。寫完報紙的作品之後，通常會做這些事，文作也曾經目睹神田練習的樣子。他的體格很年輕，完全看不出六十歲了，像是淋了午後雷的陣雨似地，渾身大汗，整個人昏沉沉地，搖搖晃晃都站不穩了，仍然喊著：「嘿！殺！」一直練習。然後才衝進浴室。

「他剛練完空手道。正在洗澡。」

朱美說明著，帶他來到靠在大廳角落的一張椅子休息。

至於這位毛利朱美小姐，原本是一名業餘的脫衣舞孃。曾在女子大學的表演節目中，上演脫衣舞，迷倒了在座的同性，於是對自己的肉體產生自信，後來也發展成有機會就會脫個精光來魅惑人心的野心。不久，她看上了一個知名的畫家，學會了模特兒的樂趣，將所謂最棒的女體鑑賞家等等大師們玩弄於鼓掌之間，納為囊中物，後來，又跟文人神田兵太郎同居。

聽聞傳說中性無能的同性戀神田與朱美小姐同居，記者們也議論紛紛。不過，大家最後做出一個結論，神田既是性無能又是同性戀，也許他是最純粹的女體鑑賞家吧。也許朱美小姐就是促成他發現這件事的契機吧，這是最合理的結論了。

由於每天都在相同的時間到訪，朱美小姐送來事先準備好的三明治與咖啡。

「請問原稿完成了嗎？」

「是的，完成了。就是這份。」

她從壁爐架上方取來原稿，交到他手上。

「感謝。老師永遠都是一絲不苟，十分感謝。」

成為這樣的大師，反而會更注重時間，他永遠都會在上午寫好一回的份量。如果能一次交個四、五天份，那就更好了，不過老師每一天都按部就班，所以上面也不好意思再要求什麼。

「喂！毛巾！」

神田在浴室怒吼。「來了」朱美小姐衝進浴室。自從文作來訪，嘩啦嘩啦的水聲這才止息，看來神田一直在淋浴吧。

「快點。好冷。冷死了。冷死了。快點、快點。」

朱美小姐以聽起來十分寒冷的聲音催促著。大概是用毛巾把他整個人裹住了吧。神田似乎吹著口哨，衝進臥室了。將神田送進臥室之後，只有朱美小姐走出來。

「看來老師很喜歡淋浴呢。」

「對啊。隆冬時節也要洗呢。說不定是因為這個緣故，皮膚才那麼年輕。」

朱美小姐的臉色一沉。別過臉隱藏她的臉龐，

「喂，你在電車上有沒有看到一位美麗的姑娘啊？」

「啊。那個啊。我碰見了。我們一起走到神社。她是誰呢？」

「安川久子小姐。」

「果然是她。長得非常漂亮呢。」

「是啊。」

朱美小姐一臉憂愁。

文作問道：

「怎麼了嗎？」

朱美小姐露出苦笑，轉移話題。

「沒、沒什麼哦。老師只是等不及了，剛才還問起她呢。要是她來了，叫我要把她帶到客廳。剛洗完澡，全身光溜溜的，就在催我了。」

「他在跳脫衣舞啊？」

「真過分。」

這時，門鈴響了，安川久子來訪了。因為朱美小姐已經受到吩咐，便穿越大廳，將久子帶往神田所在的客廳。客廳、臥室、浴室是三個並列的小房間，各自都有通往大廳的門，不過每個房間也都有可以橫向出入的門，可以在不被大廳的人看見的情況下，從浴室前往臥室，從臥室前往客廳，自由來回。也怪不得朱美小姐心裡不開心。

「安川小姐來了哦。」

朱美打開臥室的門，大聲怒吼後用力把門關上。於是，

「朱美！朱美！」

神田在房裡大聲呼喚。朱美似乎覺得很吵，把臉湊到門邊，

「什麼事？」

神田叨叨絮絮地交代個不停。朱美關上門，回到文作身邊，

「男人真蠻橫。」

「怎麼啦？」

「把美女叫到隔壁房間，叫我出門散步呢。」

「別擔心老師了。」

「什麼老師嘛。那個老師，是日本第一的大色狼哦。」

「哦哦。」

「你哦什麼啊。好啦，出門了。這裡的空氣真下流。盤踞著一股淫風呢。」

朱美牽起文作的手，走到外面。這時，正好傳來正午的鐘聲。

「我也一起去銀座玩吧。」

「我還不能直接去銀座啊。接下來要繞去插畫的老師那裡，然後才能過去。」

走下山丘的路上，他們碰見把行李放在腳踏車上，走到半路的書生[1]——

木曾英介。他剛才去市場採購。

譯註1　明治、大正年間，住在別人家，幫忙打雜的學生。

「安川小姐來了，在客廳裡，你最好不要進去哦。」

朱美提醒木曾。接著又把文作送到車站。

文作繞去插畫老師那邊，送了原稿後，又收下老師畫好的插畫，快三點才回到公司。這時，他碰上三、四個社會記者擋在走道上，

「你剛才去哪裡閒逛啦？」

「少胡說。我去拿小說原稿跟插畫，哪裡有空休息？」

「該不會是殺了神田兵太郎吧？」

「別嚇我啊。」

「神田兵太郎自殺了。不過，聽說也有他殺的嫌疑。總之，你先去避避鋒頭吧。」

「為什麼？」

「我們這邊的事情辦完之前，可不想把你交給其他報社啊。神田兵太郎死亡的時間，是你出入他家的前後哦。如果是他殺，你可是嫌疑最大的人哦。」

「我是正午去的。神田老師沖了澡，還活蹦亂跳的呢。」

「等等、等等。你要坦白的話，先來這間房間……」

社會部那群老粗把他當成凶手一般抓住，推進另一間房間裡。

★

朱美將文作送到車站之後，隨性地散步，買了農家剛產下的新鮮雞蛋，在那裡閒聊了二十分鐘左右。出門散步到回家，大約花了一個小時左右。

書生木曾在廚房前劈柴。朱美走進家門之前，先循著劈柴的聲音，來到木曾身邊，

「安川小姐呢？」

「我怎麼知道？」

「她還沒回去嗎？」

「我一直在這裡劈柴，不知道家裡的情況……」

原來如此，地上散布著相當多的柴薪。

朱美走進屋裡，果斷地敲了客廳的門。屋裡一片死寂，沒有一絲聲響，她感到一股不妙的預感，沒想到客廳裡傳來久子清亮的回答。

「是。請進。」

「欸。安川小姐，只有妳一個人嗎？」

「是的。」

「老師呢？」

「不知道呢。我一直等到現在……」

「該不會在寫稿吧？」

「嗯？我還沒見到老師。」

「從剛才到現在？」

「是的。」

久子讀著她帶來的書，等了一個小時，等得快要不耐煩了。沒有錯，客廳內部與朱美帶她來的時候一樣，沒有任何變化。

於是朱美前往臥室。然後，她在那裡發現全身赤裸，以趴伏姿勢死去的神田。他的下半身裹著浴巾。手槍射穿了他右側的太陽穴。手槍落在他的右邊。身體已經冰冷。

當局進行調查後，久子回答：

「我待在客廳的時候，隔壁臥室並沒有傳出什麼特別的聲響。」

「妳一直待在房間，沒有離開嗎？」

「不是，我離開房間兩次。」

「為什麼？」

「因為電話響了。一直沒有人接，所以我才去接電話，不過可能是響太久了，我接起來的時候已經掛斷了。」

「什麼時候的事？」

「我剛來的時候，我想應該是十二點五分或十分左右吧。」

「當時，屋裡還有其他人嗎？」

「我沒有看見其他人。」

「妳離開房間的時間大概是幾分鐘？」

「只有一下子。從把話筒拿起來，直到知道對方已經掛斷，只離開這麼久。」

「當時，妳有沒有聽見槍響？」

「我沒聽見。不過當時收音機開著，可能因此沒聽見吧。」

「收音機是妳開的嗎？」

「不是。我來的時候已經開著了。」

那台收音機的是神田自己開的。據說是他開始練習空手道的時候打開的。

朱美與文作離開的時候，也聽見收音機的聲音。朱美表示，她出門的時候，本來想把收音機關掉，「為了他們的方便」才刻意讓收音機繼續播放。

「真是寬宏大量啊。」

報社記者感到佩服。

「連我都不好意思了。」

她露出別具深意的微笑，也因此成為報導的話題。

木曾則做出以下的證言。

「我回到屋裡，大約是在十二點五分左右吧。因為我把腳踏車停在神社前方，打算休息一下再爬上山，這時剛好聽見正午的鐘聲。你說電話嗎？我沒聽見電話的聲音哦。因為我忙著把東西搬進廚房。然後又開始劈柴了。」

他今年二十七歲。二次大戰結束時，還是一個學生兵，現在則是一名帥哥。

報社記者問他關於同性戀的問題，他坦然地避而不答，

「我只不過是老師的徒弟、書生兼僕人而已。其他的事我一概不清楚。蛤？情人？老師的情人應該是朱美小姐吧？蛤？您問安川久子小姐跟老師的關係？我怎麼會知道。我對神田老師的私生活沒有興趣。」

「你有沒有聽見槍響？」

「要是聽見了，我一定會去查看哦。畢竟我忠於書生的職責。」

「你知道自殺的原因嗎？」

「不知道啊。話說回來，文人又可以分成兩種，會自殺的文人跟不會自殺的文人，不會自殺的文人，是人類當中最不可能自殺的類型哦。」

「你覺得他殺的原因是什麼呢？」

「我沒有什麼必須殺死老師的原因。其他人我就不清楚了。」

「你跟朱美小姐是什麼關係？」

聽了這個問題，他露出不可思議的表情盯著記者，低聲說：

「如果我們感情很好，那麼老師的存活就是我們的當務之急了。因為有了老師，我們才能在同一屋簷下生活啊。像我這種沒有生活能力的人，要是沒有老師，根本不可能跟朱美小姐在同一屋簷下生活嘛。只要看一下朱美小姐的面容，就知道這種事了吧？」

「所以你們的感情好不好？」

「只要我回答是，你們就能讓全日本的人都這麼想吧？」

他留下諷刺的笑容，離開了。

最後鎖定三名嫌犯。朱美、久子與木曾。相對地，文作的證詞則有重大的意義。然而，文作不小心向社會部那夥人說溜了嘴，提起久子的事，事情愈來愈麻煩了。因為他們公司的報紙在第二天的版面大膽地報導，幾乎確定久子就是嫌犯。

「當天上午十一點三十五分，本報記者矢部文作搭乘電車抵達，在登山口遇見搭乘同一班電車的安川久子，她盯著大型手提包，不知道在想些什麼，於是向她攀談。

『您要去神田先生那裡嗎？』

『是的。』

『我們一起走吧？』

『不用了。』

她冷冰冰地回答。接著，久子晚了十五分鐘才抵達只有三分鐘就能到達的路程，在朱美的帶領之下，若有所思地穿越大廳，被帶進客廳裡。十五分鐘扣掉三分鐘，在這十二分鐘裡，她到底做了什麼呢？」

文作看完後，抓著報紙，以想揍人的氣勢，衝到社會部的辦公室。

「我說過她是把小手提包抱在胸前，呆立原地。可沒說過她打開包包，盯著裡面不知道在想什麼啊。」

「你這個門外漢閉嘴！」

「我偏不要。我以前也在社會部幹過三年啊。十五分鐘扣掉三分鐘的十二分鐘，你的意思是她在這段時間裡殺了神田老師嗎？我可以證明老師在正午還活著。」

「又沒人說她在那十二分鐘裡殺了人。只是說她不知道在做什麼……你有什麼意見？」

「才十二分鐘是能做什麼？」

「山下沒有柏青哥？也沒有咖啡廳嗎？在一個只有田地的地方，待了十二分鐘，她做什麼去了？」

「看著吧。我現在就要證明她無罪，給我等著。我還會順便找出凶手。」

他非常生氣，衝到外面去了。首先，他告訴自己冷靜下來，閱讀各大報社的報導，看來各家報社都提出對久子不利的見解，如果是自殺，則發生在久子接電話的那段時間。他殺的話，凶手就是久子。因為沒聽見隔壁傳來的槍響，實在讓人難以置信，所以各大報社似乎都把目標放在這裡。某報社甚至已經確認久子就是凶手，因為裸體的神田想輕薄她，早有預謀的久子便拿出準備好的手槍，決心射殺神田。

「有夠蠢的。那麼楚楚可憐的美女，怎麼可能做出這麼機靈的事呢？她的洋裝沒有一絲皺褶，也不見凌亂。被空手道高手神田兵太郎襲擊，還能機靈應對的，大概只有女猿飛佐助[2]了吧。」、

總而言之，他每天都拜訪神田家，已經去了一百次。其中，他遇見神田的次

譯註2 猿飛佐助為虛構人物，小說中武功高強的忍者英雄。

數非常少，通常都是接過原稿，吃了三明治而已，至少每天都登門造訪，持續了一百天，也是能感動神佛的天數了。近來，應該沒有其他人像他這麼勤快地拜訪神田家了。

「首先，必須釐清神田這個作家的生態。看來只有我辦得到了。」

基本上，他信心滿滿地想著，可是，對方到底是性無能、同性戀、還是一個性向正常的人？他連這點都搞不清楚。儘管連續登門拜訪一百天，總之，文作只知道自己完全不熟悉對方真正的生活。

★

法醫學者們也分為自殺與他殺等兩種說法。他殺派的根據在於子彈射入的位置，在太陽穴的稍後方，由斜後方射入。不過，自殺的人絕對不可能從這個角度發射子彈，因此無法證實是否為自殺。

他殺派的說法比較貼近現實狀況，首先，全裸自殺本身就是一件怪事。更奇怪的是浴巾還掛在腳上。如果不是凶手在行兇後才披上的，就是他在自殺的瞬間，一直把浴巾按在胸前，自殺後浴巾滑落，才掉到腳上。只能這麼想了。

不過，用手槍自殺的話，一定要用一隻手開槍。這樣一來，只有一隻手能按住浴巾，一個人要自殺的時候，還擺出不倒翁的姿勢，披著浴巾，用一隻手按住，這才扣下扳機，怎麼想都不合理。

如果是一個長期精神衰弱的人，突然想要尋死，在精神錯亂狀態下扣下扳機，這個死法還算合乎情理，但是一個會練習空手道近一個小時，又花十分鐘沖澡的人，不可能隨後立刻自殺。與其披著浴巾，以他的個性來說，應該會選擇穿上衣服才對。儘管如此，是不是發生了突然需要自殺的事件呢？

沒時間穿上衣服，突如其來的需要，與其說是自殺，我們通常更容易聯想起他殺的情況。然而，這並不構成他殺的決定性理由。

還有最不合邏輯的一點，那就是神田一直期待久子的到訪。沒想到神田卻讓久子在隔壁等待，也沒見面就自殺了，這又是為什麼呢？

關於這一點，久子提出奇怪的辯解。

「我之所以站在神社前方，是因為老師叫我在那邊等。」

「他什麼時候命令妳這麼做呢？」

「前一天的下午兩點左右，老師打電話來公司。他說有東西要交給我，要我在正午時分，在神社前方等候。」

「妳為什麼沒等到正午呢？」

「因為老師家明明就在附近，我在那種地方等，反而感到不安了。我覺得自己不能做出什麼掩人耳目的行為，所以快要正午的時候，我還是去了老師的家。」

「他要交什麼給妳呢？」

「我想大概是原稿吧。除此之外，我也想不到其他東西了。」

然而，在他的臥室（兼書房）並沒有找到原稿。也沒有寫到一半的作品。再說，要給久子的原稿，還有一陣子才到期。

儘管久子說了這些話，從神田的情況看來，他似乎並沒有跟她約好的樣子。

儘管他很期待久子的來訪，也不打算親自前往約好的地方。只要他想出門，應該隨時都能出去。只要早一點沖完澡，應該趕得過去。不過，他慢條斯理地沖了十分鐘的澡，回到臥室也沒有立刻換上衣服，過了正午，直到死前都裸著身體。

「請問叫妳在神社前方等待的，確實是神田老師本人打來的電話吧？」

「是神田老師本人。絕對沒有錯。」

可是，沒有人聽說神田曾經打電話給久子。話說回來，這種神秘的電話，怎麼可能讓別人聽見呢。

「也許他本來打算要一起殉情，後來突然改變心意，選擇自殺？」

文作想了想，像神田這樣生命力旺盛的作家，殉情本身就是一件怪事。

還有一件決定性的怪事。事件發生的早上，女僕貴子接獲一封快遞，說是她的母親病危，要她盡快回家。早上七點寄達，貴子在九點出發。貴子的家需要搭三小時的火車，回家之後，才發現母親根本平安無事，而且也找不到是誰寄來那封快遞。

朱美與木曾也看過那封快遞，字寫得很醜。據說貴子離開時把它丟在房間裡，在她的房間與其他地方，都找不到那封信。

從狀況來說，這是最奇怪的一件事了，不過，又沒有證據能把它跟他殺連結在一起。對凶手來說，也許女僕在家他不方便下手，卻又不知道女僕在家會造成什麼樣的困擾。

不過，他殺派的法醫學者表示：

「至少神田活到十二點五分或十分。從屍體狀況與解剖解果看來，他不可能存活更久的時間。然而，十二點五分到十分之間，有人打了兩次電話。這是不是凶手幹的好事呢？」

這個說法真正的意涵，似乎認為他在十二點五分到十分之間，電話打來的時間遭到槍殺，所以這是預謀的電話。

然而，除了久子之外，沒有人聽見電話聲。因為沒人接電話，所以久子才會接聽，假設這通電話在十二點五分到十分之間，至少木曾應該會聽見第二通電話。

朱美與文作走出玄關的時候，正午的鐘聲響起。兩個人走下坡道的路上，碰見木曾。只要兩分鐘的路程。雖然木曾推著腳踏車走上坡道，即便是上坡路段，只要三、四分鐘就能到家。

電話安裝在大廳靠近廚房的位置，在廚房門外劈柴的木曾，應該會聽到電話聲才對。

「我推著腳踏車，以正常速度上坡。在神社前聽見鐘響，所以我研判應該在十二點五分或六分到達後門吧。不過，我搬柴又劈柴的時候，根本沒聽見電話聲哦。大家現在已經知道電話曾經響過，所以才聽得見電話聲響，可是我認為專心劈柴的時候又另當別論了。」

木曾對現場勘查人員如此說明。

這時，朱美似乎突然想起一件事，窺探木曾的臉，說：

「喂，木曾先生。電話響了那麼久，而且響了兩次，為什麼老師沒出來接電話呢？老師最討厭電話一直響個不停。我們在家的時候，只要電話響超過三聲，就會怒氣沖沖地破口大罵呢。不然就是發了瘋似地衝出來，把聽筒拿開。」

於是木曾似乎也覺得蠢得可笑，回答：

「關於那些聲音，實在是很詭異啊。我還是想不通，為什麼收音機那個時候開著呢？老師平常聽的收音機以運動為主，偶爾也會聽一下新聞，其他時候，家裡的收音機根本就像不存在嘛。話說回來，說不定老師過去也曾經一時心血來潮聽過吧。我想那天說不定也是老師一時心血來潮了，總之，這也是那天的異常事件之一。」

根據朱美的記憶，收音機是神田練習空手道的時候打開的，在文作的記憶裡，從他抵達一直到他離開，其間一直播放著。至少在他的印象中，收音機不曾被人關掉又打開。

木曾說：

「平常我會走進屋裡，關掉收音機，不過我聽說當天安川小姐將會來訪，我想可能是為了這件事準備的吧，所以我就沒管它了。我知道收音機開著。畢竟是異常的事件嘛。」

這時又多了一件異常事件，可是無法構成確認他殺的證據。剩下的問題，頂多是釐清手槍是誰的。朱美與木曾都不曾聽說神田持有手槍。

朱美果斷地說：

「我很清楚老師臥房的每一個抽屜、壁櫥裡的每一個角落，就連老師不清楚的地方，我都一清二楚。這把手槍並不是我們家的東西。」

不過，沒也有證據能證明她所言不假。

然而，各大報社口徑一致，並未拋棄有他殺嫌疑的說法。無論是自殺還是他殺，久子沒聽見槍響，本身就是一件怪事。如果是他殺的話，也許是她有所欺瞞，想要掩飾槍響，不過，如果是自殺的話，她的說法也不合邏輯。因此，大家似乎都認定沒聽見槍響就是他殺的證據。暗中八成已經認定久子就是凶手了。

「可惡。也許是他殺吧，可是安川久子怎麼會是凶手？」

文作每次看報，就會怒不可遏，不過，光靠他的能力，即使絞盡腦汁也找不到證明她清白的線索。

於是，他前往拜訪老友巨勢博士，聽取他的意見。兩個人曾經一起出過同人誌，以前可是文學青年。

★

「我覺得你差不多該來了。靠你的腦袋可是沒辦法解決這個問題。」

巨勢博士開心地迎接文作。

「欸，先坐吧。為了你的造訪，我蒐集了東京所有報紙的事件剪報，所有的報導似乎都像是說好了似地，欠缺部分內容呢。尤其是你的報導，特別嚴重。大家似乎認為你的證詞正確無誤呢。」

「那是當然的了，我可是親眼見證呢。」

文作露出十分憤怒的態度，不過巨勢博士不為所動。

「每一家報社都漏了一部分，就是調查你抵達神田家之前發生的事。」

「我抵達之前的事根本沒什麼用吧。因為在我離開的那一秒，神田兵太郎都還活著啊。」

「不不不。姑且不論他的生死，我們都必須無一疏漏地調查神田家發生的異常事件。」

「你說的異常是指？」

「例如收音機。還有更早之前，寄給女傭的信。甚至是更早之前，神田打給久子小姐的電話。那是事件前一天的下午兩點，至少要回溯到這個時候，仔細調查每個人後來的動態。」

「你這個偵探還真閒。」

「書生木曾當天到哪裡去採購了？我只查到一家報社針對他的不在場證明進

行調查。根據報導，木曾從F來到距離約七哩遠的Q車站的市場，採買一些進口菸酒及其他物品。他購買底片的相片館證實了這件事。相片館表示木曾先生大約在十一點左右光臨。將洗好的照片跟新的底片塞進口袋裡，閒聊了四、五分鐘，才騎腳踏車離開。Q與F的距離，騎腳踏車差不多是三、四十分鐘。如果是腳踏車競賽的選手，也許二十分鐘就能抵達吧，不過我們正常思考就行了，木曾在報導所說的時間，到Q採購，符合他本人的證詞。」

「木曾的可疑行動，在於我們在坡道見面後的那幾分鐘。」

「各大報社都有討論到這一點。我還在思考各大報社疏漏的調查……，話說回來，各大報社的疏漏，其實也是因為你調查的疏漏吧，問你大概也問不出個所以然吧。說說你在十一點三十五分，從F車站下車以後的事情吧。」

「除了在神社前，跟安川久子說話，路上沒遇到什麼特別的事。」

「在神田家呢？」

「我按了門鈴之後，朱美小姐就來了，把我帶到大廳。朱美小姐從壁爐架上方取來原稿，又送上三明治跟咖啡，我們兩個人吃了……」

「朱美小姐跟你一起吃嗎？」

「是的。那是每天的慣例。神田用餐的時間不規律又不定時，所以朱美小姐總是等我來了，再一起享用三明治和咖啡。餐點平常都是女傭端來的，可是當天則是朱美小姐親自端過來的。差不多十分鐘後，我們快吃完三明治的時候，浴室傳來神田怒吼著『毛巾』，朱美小姐才離開座位。」

「在那之前，你們都在一起吧。」

「沒錯。除了她去廚房端三明治之外。後來，神田關掉水龍頭，接過朱美小姐的毛巾，裹在身上……」

「你看見了嗎？」

「白癡。有人會去看別人的浴室嗎？神田吹著口哨，衝進臥室，朱美小姐又回到大廳。這時，朱美小姐一臉憂鬱地問我，說老師等不急了，問我是不是跟安川小姐搭同一班電車。我還在想原來那個美女是安川小姐啊，這時安川小姐就上門了。朱美小姐將安川小姐帶進客廳。這時臥室便傳來老師大聲呼喊朱美小姐的聲音，朱美小姐只把頭伸進門裡，」

「只有把頭伸進門裡吧。」

「是的。老師叫朱美小姐出去散步。」

「真是過分呢。你也聽見了嗎？」

「因為聲音壓得很低，我聽得不太清楚，朱美小姐卡嚓一聲把門關上，生氣地回來，催我快點出門。這時就聽見正午的鐘聲。」

「也就是說，你沒見到神田老師吧。」

「在一百天之中，大概只有三十天有幸一睹老師的尊容。他可是出了名的厭惡社交。」

「你應該不是同性戀吧？」

「你別亂講。」

「我說你啊。各大報紙都用看笑話的角度大肆報導神田兵太郎的性生活，那不過都是想像罷了。而且神田浪費成性，人們似乎認為他連一毛錢都沒存下來，對於門外漢來說，神門的飲食生活與性生活，也許十分神秘，應該是把一千萬圓的年收入完全花光的鋪張生活吧。不過他也是一個出了名的小氣鬼，完全沒存款不是很奇怪嗎？」

「放蕩主義者的生活就是這樣嘛。」

「話說回來，安川久子小姐說過這句話吧。老師只有在事件前一天的電話，才私下跟她說話。即使經過各大報的努力調查，也沒能揭露她有什麼不為人知的私生活。另一方面，報紙也查出毛利朱美似乎沒有其他的情人。」

「外遇當然要偷偷來啊。尤其是不能被太太發現呢。」

「你們漏掉一個重要的關鍵。愈深入調查，愈能得知安川久子小姐是一名值得疼惜的小姐，不是嗎？為什麼人們無法完全相信久子小姐呢？其中一個重大的原因，就是你的存在。你自己可能沒有發現，不過，安川久子小姐被各大報當成凶手，最大的根據就是矢部文作這個報社記者，在十一點四十五分到十二點之間，做出難以撼動的證詞哦。」

「我很清楚這一點。因為我說出她曾經在神社前停留的事。」

「不對，不是這件事。你抵達神田家之後，也就是從十一點四十五分到正午之間。你並沒有親眼見到神田。不過，不管是你還是其他人，都認為你見到神田了。」

「神田確實還活著啊。我可是清清楚楚地聽見他的聲音。」

「沒錯。沒錯。你聽見聲音了。還有吹口哨、沖澡的聲音。不過，安川久子小姐也堅稱她沒聽見槍響。那一天的異常情況，全都是聲音哦。收音機也是聲音。在視覺上沒有任何異狀。如果你完全相信安川小姐，又會得到什麼樣的結論呢？也就是說，不管收音機發出什麼雜音，也不可能沒聽見隔壁的槍響。她連大廳的電話聲都聽見了。即使時間非常短暫，你認為這樣的她，有可能會錯過壁隔壁房間的槍聲嗎？如此一來，結論不就顯而易見嗎？手槍並不是她抵達神田家之後才開槍的。」

「我待在大廳的期間，也沒聽見槍聲哦。」

「這樣一來，手槍一定是在更早之前發射的啊。」

「可是，朱美小姐還跟神田說過話耶。」

「只有凶手才能跟死人交談。最近，錄音機正在全國各地掀起一股不好的風潮呢。只要利用收音機的雜音來掩飾，想用錄音帶來代替真人的聲音，可就不是一件難事了。」

巨勢博士簡潔地向目瞪口呆的文作說明。

「我說你啊。明明為了楚楚可憐的安川久子小姐努力調查，為什麼你沒辦法全心全意地相信安川小姐的證詞呢？這是報社記者的驕傲自滿吧。你對自己的經驗深信不疑。愛情這種東西，跟神一樣哦。總會在轉瞬之間，燃起激烈的火光。如果你能像相信神一般，相信安川久子小姐，並領悟安川小姐的證詞比自己的經驗更為崇高，你應該可以輕而易舉地解開這起事件的謎團。找出真兇與真正愛上一名女子，兩者似乎沒什麼兩樣呢。從結果看來，真相都是一樣的呢。所以，比起偵探這檔事，我更忙著崇拜美女呢。」

巨勢博士扔下文作，抓起帽子，衝出門約會去了。

後來，在文作的努力之下，揭發了朱美的犯行。她看穿神田對安川久子動了心，便著手擬定計劃，企圖殺害神田，奪取所有的財產，得知神田打電話叫久子出來，便支開女傭與書生，在文作抵達的一個小時前，殺死洗澡中的神田，再利用預先準備好的錄音機，讓人誤以為是正午過後的殺人事件，巧妙地打造了自己的不在場證明。

可憐的文作，儘管那麼奮發努力，仍然沒辦法與楚楚可憐的美女發展出進一步的戀情。

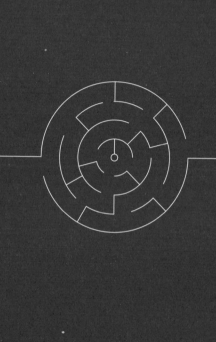

輯　二

計劃謀殺篇

投手殺人事件

不管你們開出多麼不利的條件，例如要我一輩子效力球隊，都沒有關係，我還是希望能拿到三百萬的簽約金。

其一　賣身速球投手與女演員

新的一年已經過了九天，接二連三的新年酒會，使人頭痛不堪。細卷宣傳部長來回按摩著頭部後方，正要踏進朝日製片廠的大門，這時，一名熟門熟路的男子湊過來——

「嗨，細卷先生。我等好久了。曉葉子終於出現啦。那個曉葉子。本來想要採訪她，被拒絕了。等一下請安排我跟她見面吧。大恩大德，感激不盡。」

說話同時又搔頭獰笑的，是專賣新聞社會部的記者……羅宇木介。

「真的嗎？曉葉子來了嗎？」

「什麼嘛，可別騙我哦。」

「哪有，你又在追曉葉子了啊。太煩了吧。」

「我靠這個賺錢嘛。你明明就發現了。讓我跟她見面吧。拜託你啦。」

「喂、等等。警衛。把這個男的趕出去。不准他在我們製片廠裡到處走動。

麻煩了。」

從年底至今，曉葉子已經將近一個月沒到公司露臉了。去年歲末，她的先生岩矢天狗也曾經來這裡大鬧了兩、三次，說是要公司「把葉子交出來」。天狗是橫濱的表演藝術家，愛賭博又愛吵架。是個為了賭博，連葉子的服裝都能拿去典當的大壞蛋，葉子過去竟然都不曾逃跑，才讓人感到費解。

不過，直到三天前，他才耳聞葉子交了男友的傳聞。而且她的男友還是職業棒球賈斯特隊的名投手大鹿。去年甫加入職棒，便以快速球smoke ball贏得將近三十勝的新人王，有煙霧投手（smoke pitcher）的稱號。

如果這是事實，不僅可以達到滿分的宣傳效果，而且還是一個有趣得不得了的話題。本來以為只是沒有根據的八卦，發現羅宇木介這麼執著在找葉子，他也覺得十分疑惑。專賣新聞麾下有海軍頭隊，是知名的棒球報社。

細卷走進部長室，年輕的員工便走過來，

「曉葉子與小糸實里等著見您。」

「哼。原來他說的是真的。帶她們過來。」

儘管曉葉子是剛走紅的新人，細卷仍然大力提拔，為她安排過兩、三個不錯的角色。她也不負期待，展現了好演技，正是要大紅大紫的時候。細卷也覺得自己的眼光不錯，正覺得與有榮焉，他緊盯著走進來的葉子與她的新人同伴實里。

「笨蛋。現在才剛要進入最關鍵的時期，妳這個月去哪摸魚了？要是不好好回答，我可饒不過妳。」

「很抱歉。」

葉子咬著唇，噙著淚水。細卷宛如她的父親，她完全理解細卷出於慈愛的怒火。

「不好意思，請容我解釋。我離家出走，又墜入情網了。」

「喂、喂。可別一開口就騙我啊。」

「是真的。我一直在想，至少要跟部長說清楚，可是我怕反而會給部長帶來麻煩，所以一直沒有說。」

「哼。對方是誰？」

葉子並未回答，而是心意堅決地抬起頭，

「請問我的技藝真的有未來嗎？不管多辛苦，我都會努力學習。」

「這話是什麼意思？」

「十年之後，如果我能當上大明星，希望向您預支我屆時的演出費，三百萬圓。」

葉子以蒼白又認真的表情，盯著細卷目瞪口呆，說不出話的面孔，露出一副泫然欲泣的表情。

實里接著說：

「葉子小姐的男友是賈斯特的大鹿投手。」

「真的啊？」

「她離家出走的時候，來找我商量，我讓她留在我那裡，還跟岩矢天狗先生談判，不過天狗先生說要三百萬圓的分手費。大鹿先生昨天回到關西。為了找一個願意花三百萬圓簽下他的球團。葉子小姐反對這件事。她們前天好像吵了一整天。如果要玷污大鹿先生身為選手的名譽，不如她來向公司借錢吧。請您體諒葉子小姐走投無路的心情。」

「哼，大話說的還真早啊。」

儘管他大聲斥責，不過纖細敏感的人可沒辦法在製片廠上班，他晃著大肚腩，不為所動的模樣。他突然閃現一個想法，便將兩人留在辦公室裡，造訪球探煙山的辦公室。所謂的球探，工作是負責發掘、攏絡、挖角有潛力的選手，要是球團的人才不足，就無法加強球隊。煙山是日本赫赫有名的球探。

細卷衝進煙山的房間，

「喂，有件小事想跟你談談。」

「什麼事？」

「事情是這樣的……」

他交代了來龍去脈。

「哼哼。這可不是一件小事吧。大鹿是灰村教練一手帶大的，可是碰不得的人，各大球團都已經放棄了。不過，三百萬圓還真貴呢。這個金額，在各大球團並無先例，然而，他有三百萬的價值。要是那傢伙能加入，肯定能獲勝。我馬上去找社長談談。」

他到敷島社長的辦公室，進行討論，不過三百萬實在是太昂貴了。據說去年的交易，開出的最高價是五十萬到八十萬，傳聞中，今年的排名前十的優質選手，頂多只有一名一百五十萬、兩百萬的選手。因為球團增加到十五隊，選手的爭奪戰也愈演愈烈，行情才會水漲船高。

「就算他是三振王，畢竟還是一個菜鳥啊。就連一百萬都算貴了吧。」

雖然敷島行事豪爽大方，他的一番話也不無道理。

「可是啊，要是他加入的話，我們一定能贏得優勝呢。能優勝的話，這價格很便宜。總之，大鹿需要三百萬的現金。因為他需要三百萬，我們才能簽到他。

若非如此，他是我們絕對碰不了的選手，我認為我們應該把行情置之於度外，備妥三百萬吧。」

「不然這樣吧。總之，我們只要準備三百萬就行了吧。給大鹿一百萬。另外兩百萬算是曉葉子預支的演出費。先去談談看吧。雖然曉葉子的兩百萬也是特例了，總有一天會回收的，就算了吧。」

「這樣嗎？好，我去談一談。」

於是煙山立刻搭乘當天的夜班車趕赴京都。大鹿與葉子在京都有一個被他們當成愛巢的祕密基地。只有大鹿與葉子才知道所在地。那是位於嵐山邊陲的畫室。離主屋有一段距離的獨棟房子。這戶人家前一任的主人是畫家，他死後再也無人使用畫室。煙山與細卷從葉子那裡打聽到他們的住處之後，便說好在事情談妥之前，要他們先躲到沒有人知道的地方，請她們從後門回家，煙山也從後門離開，趕往京都。

他靠著地圖來到畫室，右側與後方是寺廟，左側是古墳，前方是一座長滿茂

密竹林的山，是一個寂寥冷清的地方。（請參考地圖）

雖然是初次見面，不過煙山球探可是球壇的能手，他的來訪，象徵著該選手乃是一流中的一流。大鹿恭敬地迎接他。

「坦白說，曉葉子昨天來我們公司，希望預支演出費三百萬。因為她不忍心看你為了三百萬賣身。大明星姑且另當別論，對一個前途未卜的新人來說，別說是三百萬了，公司連三十萬都要考慮呢。不過，我們還是希望能與你先討論，

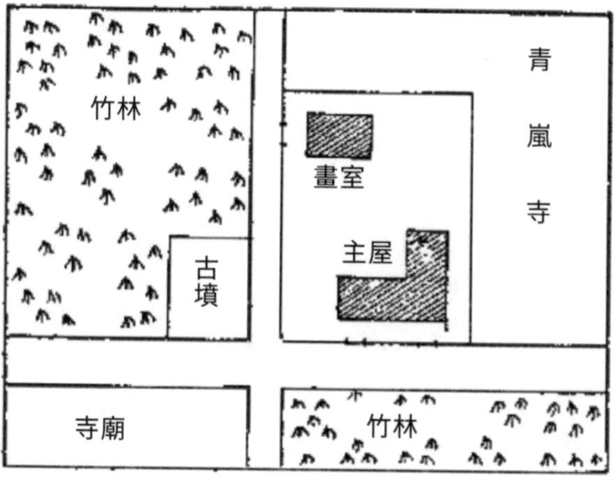

備妥你們需要的三百萬，你覺得這樣如何？把它拆成你的簽約金一百萬，葉子預支兩百萬。你的簽約金一百萬，也不算少了。」

「感謝您的好意。這筆錢非但不少，對於我這個新人來說，一百萬簽約金可說是非常感激了，可是，我知道很勉強，還是想找一個願意花三百萬簽下我的地方。如果讓葉子小姐煩惱，我這個男人的面子怎麼掛得住呢？不管你們開出多麼不利的條件，例如要我一輩子效力球隊，都沒有關係，我還是希望能有三百萬的簽約金。」

「原來如此。如果你有這樣的覺悟，那又另當別論了。好，我會向社長回報你的決心，等我們討論過後再回答你，請稍等吧。你接觸過其他球隊了嗎？」

「沒有，還沒，我並沒有指定哪一個球隊，不過，前體育晚報的女記者——上野光子，她是關西地方的自由女球探。她並未隸屬於任何球團，所以我想利用她的人脈，為我牽線。昨晚，我跟上野光子見過面，表達了我的意願。」

「哼。你找了一個壞蛋呢。」

大鹿見煙山直盯著他，不禁臉紅了起來。

「我也沒別的法子了。我是職棒新鮮人，找不到其他方法可以跟球團接觸。」

說起上野光子，可是球壇出了名的女子。她在就學時期似乎是排球之類的選手，身高修長約五尺四寸[1]，身材姣好動人。她在賽事的表現良好，隨著比賽東奔西走，爭取到為體育晚報撰寫觀賽專欄的機會，贏得一票體育粉絲，不過，對選手來說，她卻是可怕又震撼力十足的存在。這是因為大多數的一流選手都慘遭光子的魔掌誘惑，與她保持關係，更進一步受到她的控制。一旦她抖出內幕消息，大部分的名選手都會引發家庭糾紛，落得神經衰弱的下場。

她藉著自己的勢力，成為自由的女球探。從大鹿漲紅了臉的情況看來，他也是輸給誘惑的其中一人。

譯註1　約一六三公分。

「光子知道你們的祕密基地嗎？」

「不知道，除了葉子小姐之外，沒人知道這間屋子。我跟上野光子都約在外頭見面。」

「這樣啊。那就好。就算光子想辦法，我想應該沒有球隊會拿出三百萬這筆鉅款，假如有機會，也請你暫時別答覆。我馬上就會回消息。」

「好。我等你的消息。請轉告葉子小姐，叫她別擔心。」

「好，知道了。」

煙山即刻返回東京。儘管他不認為有球團會接受三百萬的條件，問題出在專賣新聞。他們匯集了一流的打線，卻缺乏投手。大資本家的底氣就是比較深厚，他們拚了命地暗中挖角投手。從他們家報社記者在朝日製片廠門口埋伏葉子這件事看來，該報社應該知道大鹿的傳聞。

煙山在京都車站搭乘特快車，正巧在車上碰見上野光子。皮草裹著她修長的身材，看來就像一名貴婦。

「哇，打扮得真華麗。談生意嗎？」

「唉呀，煙山先生才是。出門挖角嗎？是不是大鹿投手？」

「咦？大鹿要轉隊嗎？」

「少裝蒜了。跟我說說你們公司的曉葉子與大鹿先生的愛情故事嘛。」

「蛤？妳說什麼？我怎麼不知道。妳從哪裡聽來的？」

「既然你要裝蒜到底，那就沒什麼好說的了。」

光子抿嘴一笑，走回自己的座位。

煙山覺得很不舒服。若是光子只跟關西的球隊接觸，成功簽下大鹿的機會就很低。不過，若是她前往東京，首先會先找專賣新聞，其次是他們的競爭對手櫻電影公司。這兩家公司都不惜重資，無止境地挖角知名選手。現在已經從他們朝日電影的幸運好球隊挖角了三名選手。

這下千萬不能大意啊，煙山下定了決心。

回到公司後，他向社長轉達大鹿的想法，又補充上野光子來到東京，打算推銷大鹿的事。

「唉。專賣新聞跟櫻電影會在新人投手身上砸三百萬嗎？頂多出一百萬吧。就算只出五十萬，其他選手也會抱怨吧。」

「不過也要看簽約的條件啊。」

「我說啊。最有利的條件頂多就是一百萬了吧。」

「不對，專賣新聞渴望投手。這可不能大意啊。我們最渴望的也是投手。其次才是三棒、四棒。如果大鹿加入幸運好球隊，三棒拉攏到和平隊的國府一壘手，四棒挖角到駱駝隊的桃山外野手的話，這可是一百萬的攻守陣容啊。絕對可以獲得優勝。」

「這當然一定優勝。你簽得到國府跟桃山嗎？」

「我一定會簽下來。分別用一百萬簽下來。請以此為條件，給大鹿三百萬吧。既然我這個球探出馬，一定要簽下絕對碰不得的大鹿。我可不想輸給上野光子。」

「你先簽到國府和桃山再說吧。如果你能以各一百萬簽下他們兩個人，我會考慮大鹿的事。只要湊齊這三個人，絕對能獲得優勝。」

「好，我會試試看。如果兩個人都點頭，大鹿的事就敲定了吧？」

「嗯，先讓他們兩個點頭再說。」

「好。三天後請等我的好消息。」

於是煙山又立刻西行。

和國府與桃山打探之後，他們表示一百萬圓就ＯＫ。煙山欣喜萬分。再次叮嚀他會再三天內備妥簽約金，請他們回絕別家球隊的合約，這才放心拜訪大鹿。

「嗨，抱歉我來晚了。其實啊，因為如此這般，以國府及桃山的參加為條件，屆時也會用三百萬簽下你。幸好國府及桃山已經成功談定了。我馬上就回去備妥三百萬。」

「這樣啊。坦白說，事情有點不巧……」

「怎麼了？」

「老實說，我跟岩矢天狗約好，在二十日付他三百萬圓。因為二十日快要到了，我又沒收到煙山先生的回答，心裡乾焦急，昨天，上野光子與我聯絡，所以我請她向專賣新聞或櫻電影接觸，我向她拜託，不管條件多麼不利，只要拿三百萬就行了。」

「那還真糟。上野光子怎麼回答？」

「我們約好十九日中午在餐廳見面。她向我打包票，說一定能搞定。」

「這下麻煩啦。今天是十七日吧。我十八日早上抵達，再搭晚班車出發，十九日早上到這裡，雖然可以趕在上野光子之前，不過沒必要這麼做吧。我這邊可是已經確定了哦。夜裡搭火車送錢很危險，所以我會在十九日的早上出發，傍晚抵達。我這邊已經說定了，不管上野光子那邊怎樣，你都要一口回絕，可以吧？如果辦不到的話，希望你直接爽約，不要跟上野見面。」

「唉。如果你已經確定了，我會照辦。」

「當然確定了。二十日，你要在哪裡付錢給岩矢天狗？」

「岩矢天狗會來京都。葉子小姐也會在十九日晚上回到這裡。」

「這樣啊。那只要能在十九日白天趕上就行了。我一定會遵守約定，也請你照做。為了曉葉子，請把我們公司擺第一吧。」

「是。我明白了。」

這時煙山才放心回到東京。他向敷島社長報告以上的事，既然上野光子已經談到這個程度，如今自然不可能收手。

「很好。那就照約定，簽下大鹿吧。今天傍晚之前，我會備妥五百萬。」

「好的。我會帶皮箱過來收錢。」

「你打算在今晚出發嗎？」

「不，我明天早上才出發。夜裡搭火車送錢太危險了，要是被上野光子撞見也不好。我會搭乘早上第一班快車，七點三十分出發。雖然九點發車的燕子號特快車比較晚發車，也比較早抵達，不過搭乘特快車很容易遇上熟面孔，所以我刻意選在七點三十分出發。」

「好吧。」

距離傍晚還有一段時間，他拜訪小糸實里家，與曉葉子見面。告訴她三百萬圓的合約已經備妥的梗概之後，她放心了，雙眼閃著淚光。

「聽說妳明天也要去京都，是嗎？」

「是的。」

「可別太引人注目哦。妳搭幾點的火車？」

「下午一點從東京出發的班次。抵達京都的時候，應該將近夜間十一點。因為我跟岩矢約好了。我打算在火車上，跟岩矢兩個人好好談一談。」

「大鹿知道這件事嗎？」

「不知道。」

葉子似乎有點痛苦地低著頭。

「聽起來很危險呢。我去京都車站接妳吧。」

「不會的，不危險。我知道怎麼保護自己。」

「好吧。請多小心。」

下午三點半左右，煙山領了五百萬圓。千圓鈔票共三百八十萬。百圓鈔票共一百二十萬。百圓鈔票體積很大。最後共分裝在兩個行李箱裡。

事情發生在晚間六點左右。

專賣新聞的社會部接到電話。值班的羅宇木介接起電話，便聽見一個不太熟悉的男聲說：

「那邊是專賣新聞吧？那個……。有個熟悉棒球的人拜託我打這通電話，明天早上七點三十分，幸運好球隊的煙山球探將會搭乘往博多的快車，想請你跟蹤他。就這樣。」

電話咖嚓一聲掛斷了。

木介現在把全副心神都放在曉葉子與大鹿的戀情上，正在探訪大鹿的住處，他心頭一驚，轉頭問金口副部長：

「好奇怪的電話哦。事情是這樣的……」

「嗯嗯。通知部長吧。」

得到打電話到部長家的指令後，

「老實說。上野光子曾經提過挖角大鹿的事情。上野光子應該會搭今天夜裡的夜班車前往京都。因為金額的關係，未能達成挖角的條件，可能會失敗吧。如果煙山出門了，應該也是為了挖角大鹿。要是我們挖角失敗，就把曉葉子的戀情公諸於世吧。你去跟蹤煙山。找出大鹿的愛巢。只要跟著煙山，自然就找得到吧。聽到沒？」

「是。」

於是木介收到請款單，做好出差的準備。

其二　一月十九日正午至一點

在某餐廳的包廂裡，大鹿與上野光子正對坐交談。

「櫻電影好像成功挖角到兩、三名一流投手哦。所以他們不打算再簽下大鹿先生了。於是我趕往專賣新聞，不過他們頂多只肯出一百萬呢。這也是你真正能接受的底線了吧。」

大鹿反而露出鬆了一口氣的表情。

「不，這件事不用談了。感謝您的幫忙。」

「欸。你還真乾脆呢。最後還是決定去幸運好球隊嗎？曉葉子小姐也在那裡嘛。」

「沒、沒那回事。」

「少騙人了。今天晚上煙山會過來吧？」

「我不知道妳在說什麼。」

「哼。」

光子皺起眉頭，發起脾氣來。

「你轉隊到專賣新聞的海軍頭隊吧。我會拿出約好的三百萬。專賣出一百萬。我出兩百萬。這是我全部的財產。你覺得如何？」

「我已經不需要錢了。」

「你在說什麼啊。我可是很清楚，你為什麼需要三百萬圓。你覺得我是聽誰說的呢？岩矢天狗哦。明天是二十日吧？他應該會來京都收取曉葉子的分手費吧。三百萬，你拿得出來嗎？」

「是的，總、總會有辦法的。」

「你太天真啦。煙山才不會送錢過來呢。他只會送一百萬過來哦。這就是你說的辦法？」

她踩到大鹿的痛處。畢竟三百萬這筆鉅款，在實際收到之前，就像伸手抓住煙霧似地，根本無憑無據。他不禁啞口無言，垂頭喪氣。

「我見過煙山了。他打算拿一百萬來搪塞你哦。接下來再利用曉葉子的名義，使出拖延戰術呢。是不是很卑鄙？這樣你也能接受嗎？」

光子的目光如炬，怒視著他。

「就算對方是岩矢天狗這樣的軟飯男，跟別人的妻子過從甚密，還付不出賠償金，你還配當個男人嗎？可不是棒球選手之恥嗎？我幫你出兩百萬，拿鈔票搧岩矢天狗的耳光吧。」

「我沒有理由接受你的錢。」

「就算沒有理由，你也付不出錢來啊，不然你打算怎麼辦？」

「我會想辦法的。我已經做好覺悟了。」

「什麼覺悟？」

大鹿充滿男子氣慨地，臉上滿溢著決心。

「到時候，我大概會去死吧。」

「傻瓜。」

光子露出苦笑，旋即斂起怒色。

「未來的世界性大投手，為了這點事尋死，太不值得啦。聽我的話嘛。雖然你說沒道理白白收下我的錢，不然你跟我結婚吧？」

大鹿嚇得抬頭。

「不用那麼驚訝吧。去年夏天很快樂呢。自從你第一次登上投手丘，我就覺得你一定是日本最厲害的人物。和平隊的速球左投一服可是很嫉妒你哦。『哼！竟然找這種屁孩來當我的對手。什麼，要超越我？屁孩說什麼大話？』所以我跟他說：『你的三振記錄馬上就要被屁孩超越了哦。』打從去年底，一服就纏著要我嫁給他呢。今天我們也在路上碰見了。一服不是住在京都嗎？他說：『我們立刻結婚吧，去我那裡住吧。』所以我也跟他說清楚了。『這兩、三天內，我會跟大鹿先生結婚。』一服面色鐵青，很生氣哦。」

大鹿湧起一股非常不舒服的感覺，可是，想到接下來不知道該怎麼辦，只覺得眼前一片黑暗。內心只感到一股快被壓垮的悲傷。

「你在憂鬱些什麼啊？開心一點，看開一點嘛。跟我結婚吧。然後轉隊到海軍頭隊吧。讓我們一起嘲笑卑鄙的煙山跟幸運好球隊吧。為了你，就算失去兩百萬，我一點也不再乎哦。」

大鹿抬起冰冷的眼神，

「如果能跟妳結婚，我就不用費盡千辛萬苦，為了三百萬受盡折磨了。」

光子神色大變，

「你說什麼？」

「我打算跟曉葉子結婚。為了這個目的，才會這麼痛苦。」

「哼。你沒辦法結婚的。因為你根本付不出要給岩矢天狗的三百萬圓。」

「我已經做好屆時的覺悟了。我不會麻煩任何人。我會自己一個人了結。非常抱歉，給妳添了許多麻煩。告辭了。」

「等一下！」

「不行，請妳不要擾亂我的決心。」

大鹿一個轉身便撥開她慰留的手，離開了。光子追出去的時候，已經不見大鹿的人影了。

光子氣得直跺腳。她必須找到大鹿的住處。非得找到才行。然後，她要報復。破壞他轉隊到幸運好球隊的好事，讓三百萬化為泡影，阻礙他付款給岩矢天狗。讓他不得不來懇求自己。天下第一的女球探上野光子，可是一個從來沒輸過的女人。

雖然不知道幾點會到，總之，煙山今夜應該會過來。這是因為他必須在明天早上之前，將三百萬的簽約金交給大鹿。她打算在京都車站埋伏煙山。可是，不管她怎麼埋伏與跟蹤，他們都已經談成了交易。

光子邊走邊想，竟偶然遇上一服投手。

「妳剛才竟然烙完狠話就逃走了。嗨，小光。」

「光天化日的，你幹嘛啊。」

「哼。在哪裡有差嗎？喂，妳真的要嫁給大鹿嗎？」

「呵呵。」

「喂。如果妳們要結婚的話，我會幹掉妳或是大鹿的其中一個。」

「好大的口氣。」

「蛤？喂，快告訴我妳是騙我的。」

「你說呢？現在還沒談成呢。我會不會跟大鹿先生結婚，這兩、三天就會確定囉。」

「大鹿住在哪裡？」

「我也想知道呢。」

「哼。別以為瞞得過我。妳想嚐點苦頭嗎？」

「我才不會瞞你呢。我也在找哦。要是你找得到，就去找出來嘛。」

「好，我找給妳看。跟我來。」

「要去哪？」

「我大概有個底了。聽說大鹿都在嵐山的終點站下車。」

「從那裡不是還有通往清瀧的電車嗎？」

「隨便妳怎麼說。為了爭這一口氣，我一定會找到的。我要跟大鹿當面談判，叫他放手，到時候小光就嫁給我吧。」

「呦，這下該怎麼辦呢。就算我不嫁給大鹿先生，也不一定要嫁給你啊。」

「不准妳這麼說。」

「不然我要怎麼辦？」

「總之，我會找出大鹿的祕密基地，跟我來吧。」

一服硬是拉著光子往前走。儘管光子的身材也很高大，也不得不向身高超過六尺[2]的一服的蠻力屈服。

不過，光子可是胸有成竹，早就有所對策，要是有什麼萬一，她也十分確信自己做好了萬全的準備，如果能靠這個笨蛋的傻勁，找出大鹿的祕密基地，倒是意外的驚喜，她暗自竊喜，任憑對方拉著自己。

其三 跟蹤

同一個早上的東京車站，在七點三十分開往博多的快車發車的十分鐘前。金口副部長與羅宇木介正在等候煙山現身。

一個人前往人生地不熟的地方跟蹤，危險性比較高，所以金口副部長才會隨他同行。

「欸，他來了、他來了。」

「誰來了？煙山嗎？」

「那個手上提著兩個大包包的男人。」

「戴狩獵帽那個嗎？」

「沒錯。」

譯註2 約一八一公分。

那是年約四十五、六歲，板著一張臉的中年男子。這位煙山可是知名的棒球球探，原本是劍術與柔道運動員，身高約五尺四寸五分[3]，體格卻很健壯。儘管是聞名的球探，他的私生活與世人的好評可有一段差距。他在銀座開了一間酒店，都說到這個程度了，接下來也沒有什麼好意外的事了吧，已經不需要多做說明了。他也開了一家非法公司，幹盡各種見不得人的勾當，鑽法律漏洞自然也是見怪不怪了。不過，唯有棒球球探一事，做出了好成績，名聲響亮，也許是因為這層關係，私生活倒是不曾傳出什麼不好的傳聞。挖角本身就有點類似見不得人的勾當了，也許他因此感到滿足了吧。

看到煙山上了車，金口與木介便走上中央的二等車廂。煙山竟然不在這節車廂。

「怪了。他搭的是一等車廂嗎？還是最前面的二等車廂呢？默介，你去瞧瞧。」

「遵命。」

木介去找了很久，

「這下不好啦。敵人可不是簡單的人物，嚇死人啦。」

「佩服他幹嘛呢？」

「他不在一等車廂。也不在最前面的二等車廂。沒想到他竟然躲在三等車廂的角落，戴上口罩把臉遮起來了。我剛才看見他的服裝，所以被我識破了，煙山這可是避人耳目的旅行哦。一定有什麼隱情。我認為兩個包包裡裝的是成綑的鈔票。」

「你現在終於發現了嗎？」

「我可是擔心得要死。」

「煙山也一樣，因為那不是他的錢啊。」

「原來如此。沒想到他也是一個上班族呢。不過，煙山的薪水袋肯定比我重

譯註3　約一六四公分。

多了吧。」

木介說起悲傷的話題。

希望能平安無事抵達京都。列車預定於下午六點四十一分抵達京都。

「默介。你去煙山的車廂盯著他。」

「遵命。」

不過，還沒抵達京都，木介已經一臉沮喪地回來了。

「煙山不見了。」

「去廁所嗎？」

「我問過坐在煙山附近的人了，大家都說不知道。我姑且看了一下行李架，那兩個看似行李箱的包包也不見了。這可不是我要自誇，自從我識破包包裡放的是整綑的鈔票之後，它就深深烙在我的眼底，我才不會忘記呢。」

抵達京都了。

兩個人在剪票口，驚慌地睜大了眼努力找，不過煙山並未下車。下車的乘客也慢慢散去。

停靠時間有十五分鐘，所以他們也查過轉乘的月台，都沒有找到人。為了保險起見，他們再次檢查車裡，在京都有批乘客轉車，在諸多空下來的座位之中，十分地醒目，找到了、找到了。

煙山這次換到最前面的二等車廂中段，用圍巾把臉遮起來，再把外套的領子立起來，正在看雜誌。他把那些包包塞在座位底下，用腳壓住。

「這傢伙真是絲毫不能大意。他一定不停換座位吧。既然如此，才不會讓他逃跑呢。我會在這裡監視他。」

「好。我也一起監視。」

兩個人小心地不被察覺，坐在他後方隔了一段距離的空位。

煙山在大阪下車。叫了計程車。兩人也叫了計程車跟蹤他。過了新淀川，來到吹田附近，車子停在一棟小巧的住宅前方。

金口自己走下車，對煙山的司機說：

「我們不是什麼可疑人物。是報社記者。因為某些原因，才會跟蹤你，麻煩你放慢速度，方便我們跟蹤。」

說著，他把小費塞進司機手裡。

接著，他看了煙山進入的屋子門牌，嚇了一跳。是駱駝隊強打桃山外野手的家。

「敵人是桃山嗎？真是出人意料之外啊。他的手段還真高明。」

十四、五分鐘後，煙山出來了。再次跟蹤，車子在國道上奔馳，又回到京都的方向。在細長的小路彎來彎去，最後來到山崎之里。煙山消失在相當氣派的大門之中。

調查門牌之後，發現那是和平隊的珍寶，穩定的投手國府一壘手的老家。

「答案呼之欲出，愈來愈離奇了，真厲害、真是厲害。」

「可別小看怪物的稱號啊。他是個了不起的敵人。這下一來，鈔票應該少多了吧。」

木介一直在注意一綑又一綑的鈔票。

「默介。你覺得他的簽約金應該是多少？」

「您別耍小手段，讓我想一些不該想的事哦。」

又過了十四、五分鐘，煙山出現了。

車子筆直朝向京都前進。

「原來如此。先把其他事情辦妥，最後再去大鹿的祕密基地。敵人可是把順序想得很周到。雖然他不知道我們在跟蹤他。」

「也許吧。因為我們在火車上識破了他。」

「這下糟了。隨著鈔票減少，我的肚子也餓了起來。真想快點喝酒解悶啊。」

車子開進京都市區。順著河原町四條往前開，又轉進小巷子，車子在一間小巧別緻的屋子前停下來。不過，那看起來像是小型的餐廳。卻掛著旅館的招牌。

來到這裡，車子終於開走了。兩個人也走下車。

「這裡就是大鹿的祕密基地吧。很好，我們也在這裡過夜吧。」

「好哦、好哦。」

兩個人站在旅館的玄關，一名老太太緩步走出來，

「歡迎光臨。」

「請問有房間嗎？」

「您要入住嗎？很抱歉。今天客滿了。」

「剛才有一個人進來了吧？」

「是的，他是預約的客人。」

「有一個長期住在這裡的客人吧？」

「您說的是哪位呢？」

「身高六尺左右的高大男性。」

「我不知道這一號人物。」

「剛才進來的人，認識那個年輕的壯漢。」

「我不知道您在說什麼。」

這下沒輒了，兩個人只能改變行動。看一下時鐘，發現已經是九點五十分。

「啊。這裡有一間烏龍麵店。我們去喝一杯，打聽一下消息吧。」

「這招不錯。」

請店家上一壺溫熱的日本酒，順便打聽有沒有一名壯漢到前面的旅館投宿，卻一直打探不到重點。

「大叔，你有沒有在看棒球？」

「棒球啊，我可是愛死啦。」

「你知道賈斯特隊的大鹿投手嗎？」

「煙霧投手嘛。我是他的粉絲哦。」

「就是那個壯漢啊。這號人物有沒有住在前面的旅館？」

「沒看過呢。」

既然他不知道，久留無益。

「算了啦。不成功便成仁了。我們乾脆直接去找煙山吧。看他怎麼回應，我們再見機行事。」

「可以。」

於是他們再度回到旅館。

「我們想跟剛才來的煙山先生見面。」

「欸。煙山先生出門散步去了。」

「蛤？」

木介發出慘叫聲。金口倒是比較冷靜，

「他穿著什麼衣服？飯店的外套嗎？」

「不是，他穿著西裝。」

「有沒有提包包！」

木介忍不住大聲地叫出他對包包的執念。老婆婆嚇了一跳，

「沒有，他把包包放在房裡。說是要去散步。」

「哼。奇哉怪哉。」

兩個人垂頭喪氣地走出來。

「這下沒辦法了。我們先去分公司一趟吧。」

他們來到分公司，傍晚五點左右，有一通總公司打給金口的電話，內容指示「曉葉子與岩矢天狗應該會搭乘晚間十點四十七分抵達的快車到京都，要他們屆時到京都車站」。

不過，他們失敗了。剛才如果直接到分公司就好了，他們卻去新京極繞了一圈，大啖串炸還喝了點小酒，來到分公司的時候，已經十一點五分了。

慘叫也來不及了。儘管如此，火車可能會誤點，他們渴望神明的垂憐，正要外出，這時，

「對了，對了。在你們來之前，來了另一位訪客。」

「誰？」

「差不多五點半左右吧。上野光子女士來了，說是她與大鹿談過了，因為總公司遲遲不肯拿出錢，所以沒談成合約。整個人都失了魂。因為接到那通電話，

我們問她是不是跟大鹿的問題有關，結果猜中了，她說這下有機會了，就衝出去了。她說要在車站找到他們兩個人，跟他們談談看有沒有轉機，馬上就恢復了活力。」

「這樣啊。我們倒是沒辦法恢復活力啊。」

儘管如此，他們是開車前往車站，不過快車準點抵達，搭乘快車抵達的乘客，不可能還在附近徘徊。

兩人找了旅館過夜，真的喝起悶酒了。

其四　殺人事件

時間莫約是兩個人還沒喝完悶酒的時候吧。

半夜兩點半左右。

在大鹿藏身的畫室所在的葉卷家，一名女子拍打著走廊面向院子的擋雨窗，大聲呼救。葉卷太郎與次郎兩兄弟打開擋雨窗，渾身是血的曉葉子站在外面。

「啊。曉小姐。怎麼了？」

「大鹿先生被殺死了。」

「咦？妳沒事吧？有沒有受傷？」

「我沒事，我剛才昏倒了。現在才剛醒過來。請快點報警。」

於是，警察採取行動。

畫室是一個兩間[4]半乘三間大小的洋房。還有洗手檯與廁所。有床、衣櫃、桌子與三張椅子。（請參考附圖）

譯註4　一間約為一・八公尺。

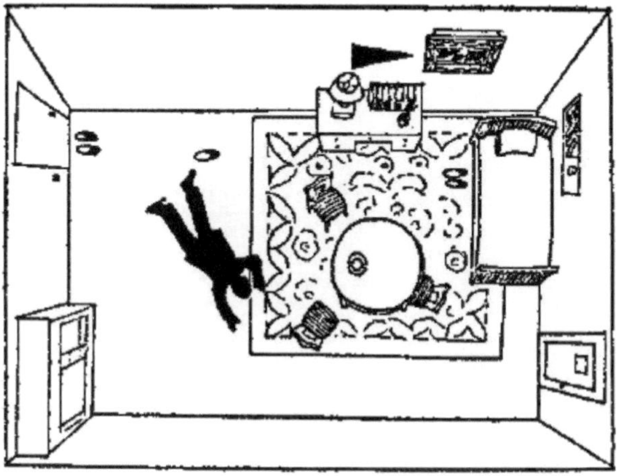

大鹿位於離門口一間遠的地方，斜向朝著房子中央俯臥在地。傷口都是以銳利的刀刃刺傷，背上有四處、脖子一處，瘋狂刺殺致死。

四周化為一片血海。從牆壁到天花板都有噴濺的血液。

對於警方的偵訊，曉葉子回答：

「我到這裡的時候，差不多是剛過凌晨十二點的時候。大門沒有上鎖，不過畫室的燈已經熄了。我還是打開門，因為我知道電燈開關在入口右方，所以我馬上就開燈了。看了一眼室內的情況，我頓時一片茫然。還記得我衝了過去，想把他扶起來。當我發現大鹿先生已經死了，我當場暈了過去。醒來之後，我跑去拍打葉卷先生家院子的擋雨窗。」

葉子肯定曾經昏倒在血泊之中。因為她的衣服、臉龐與雙手都沾滿了血跡。

「怪了。是不是有人被屍體絆倒啊？這裡有一個沾滿血的手印。妳沒有絆倒吧？」

「我沒有絆倒。因為我一進來就開燈了。」

「原來如此。這並不是女性的手印。雖然它比被害者的手還小了一號。」

確實有某個傢伙留下手印與腳印之後逃跑了。

「曉小姐會抽菸嗎？」

「不會。大鹿先生也不抽菸。」

「原來如此。所以拿碗公來當菸灰缸嗎？不過，至少有一個男人跟一個女人在抽菸。男人抽了一根。女人抽了兩根。」

嫌犯一定是那個人。葉子立刻浮現這個念頭。不過，抽菸的女人又是誰呢？是不是上野光子呢？

葉子向警方坦承。

「我知道犯人是誰。一定是那個人。」

「妳親眼目擊了嗎？」

「沒有。他跟我從東京一起過來這裡。我的夫婿岩矢天狗。」

「你們一起來到這個地方嗎？」

「沒有，我們一起到京都車站。因為我即將跟岩矢離婚，再嫁給大鹿先生。大鹿先生會支付三百萬圓給岩矢，做為我們的分手費。雖然我們約好明天正午付錢，岩矢說他明天下午三點一定要付錢給某個人，所以說今天夜裡他就要拿到錢。我知道今天傍晚煙山先生已經給大鹿先生三百萬圓，而且岩矢的態度也沒有改變，我很清楚，他想要的只有錢，應該不需要別的東西，於是我請他今夜來跟大鹿先生拿錢，約好了一起來祕密基地，不假思索地告訴他祕密基地的位置。我告訴他在青嵐寺隔壁的畫室，應該馬上就能找到。青嵐寺是有名的寺院，而且隔壁只有一戶人家。我只希望早一刻將分手費交給他，滿心只想早點跟他斷絕關係，告訴他的時候，完全沒料到竟然會發生這種事。」

「原來如此。所以兩位不是一起過來的嗎？」

「我們本來應該是一起過來的。在京都車站下車後，我們走出剪票口，有個人把我叫住了。對方是我不認識的女性，她向我自我介紹，說她是上野光子，棒球的球探。我們聊了一會兒，岩矢等不及了，不知何時已經不見人影。我知道他著急的原因。要在明天下午三點回到橫濱，只能搭乘午夜十二點三十二分開往東京的車次。那是末班車。我們抵達京都車站已經是晚上十點四十七分，只剩下一小時又四十五分了。開車往返還能勉強趕上，幾乎沒有任何時間可以浪費。因為我找不到岩矢，當下一驚，正想追上他，上野小姐卻抓著我的手，把我留住。她不肯讓我離開。可是，我當時相信岩矢急迫的原因，只是為了趕上火車發車的時間，並未因此感到惶恐不安。後來，我在上野小姐的命令之下，去了車站附近的咖啡廳。」

「她跟妳說了什麼？」

「上野小姐說，要我打消嫁給大鹿先生的念頭。灰村教練栽培大鹿先生有恩，他跟賈斯特隊的合約也有特殊狀況，如果為了錢轉到其他的球隊，將會引發聯盟的糾紛，不僅可能被禁賽，甚至還會被職業棒球界驅逐。她不忍心看到大鹿先生為了感情的事，被棒球界拋棄，所以提出忠告。可是，我偶然從大鹿先生那裡聽說一件事。雖然灰村教練有栽培大鹿先生的恩情，可是他跟賈斯特隊的合約只有一季，下一季的合約尚未敲定。於是我提出這個見解，與上野小姐吵了起來，由於我們一直沒有結論，所以我起身離開。為了這件事，我大概花了二、三十分鐘吧。後來我叫了車，獨自回到這裡。」

「有誰知道這個祕密基地呢？」

「除了我們兩人，我只告訴過煙山先生與岩矢，其他人我就沒印象了。」

然而，主屋的葉卷太郎卻提供意料之外的證詞。

「今晚九點左右。一服先生來到我們家玄關，問我們大鹿先生是不是住在這裡。於是我帶他去了畫室。」

「一服是誰？」

「和平隊的速球左投，一服先生。」

「啊。這樣啊。除了他以外，還有其他訪客嗎？」

「我不清楚。一服先生先來我家問過之後才知道的。如果不是這樣，畫室在相當偏遠的地方，在茂密的林子裡，沒有人知道畫室的情況。而且，冬天太陽下山後，我們都會關上擋雨窗。」

「你有聽到什麼奇怪的聲響嗎？」

「什麼都沒聽見。我睡得很沉。」

於是警方在當地的派出所成立搜查總部，進行驗屍作業，安排鑑識人員調查案發現場，並且徹底搜查房屋。

在警方發現的事實之中，比較值得關注的重點如下：

一、大鹿似乎與幸運好球隊簽訂新合約，收取三百萬圓，不過三百萬圓不翼而飛。

二、合約書放在趴伏在地的死者胸前內側口袋之中，並沒有染上血污，是一月十九日簽訂的合約。大鹿用毛筆簽名，不過屋子裡沒有墨汁，也沒有毛筆。

三、由出血狀況看來，加害者的衣服應該也沾染了不少鮮血。

四、從刺傷的情況看來，嫌犯應該是一個腕力強大的人。

五、在大鹿的褲子口袋裡找到上野光子的名片，上面印著東京的地址，還用鉛筆寫著京都公寓的地址。似乎是光子親筆寫的，像是女性的筆跡。

六、現場有沾了血的鞋印與手印，並不是被害人的，也不是葉子的。

七、桌子上有一個代替菸灰缸的碗公，有兩、三根進口菸的菸蒂，兩根沾著口紅，另一根沒沾到口紅。

八、不過也沒看到泡茶招待訪客的痕跡。

九、到處都能採集到被害人的指紋，卻找不到其他值得關注的指紋。

十、經警察醫師[5]鑑定，犯案時間應該在晚間九點到十二點之間，更正確的時間要等待解剖的結果。

天色方亮之際，刑警突襲睡夢中的一服投手，將他帶到搜查總部。同時也從名片上寫著的公寓，將上野光子帶過來。

警方分別搜查兩個人的房間，並未找到沾了血的衣服及遺失的鈔票束。

搜查總部也打算搜查煙山與岩矢天狗，不過他們尚未查出煙山過夜的地方。

首先，由一服接受偵訊。

搜查主任是京都赫赫有名的名偵探……居古井警部。

「昨天晚上，你去了大鹿那邊吧？」

「是的。我從中午大約一點左右，一直找到晚上九點，好不容易才找到他的

譯註5 受到警察委託，負責驗屍的醫師。

祕密基地。」

「沒吃晚飯就去了嗎？」

「吃過才去的。」

「為什一定要花這麼大的力氣找他呢？」

「因為我希望儘快解決問題。我向上野光子求婚了，不過小光說她想嫁給大鹿。所以我必須了解大鹿真正的心意。」

「大鹿怎麼說？」

「很簡單哦。大鹿說他應該會跟別的女人結婚。他直截了當地說，他已經拒絕小光了。我問他會不會就此收手，不再糾纏小光。他說哪有什麼收不收手，他要娶別的女人了，應該不會跟小光再有任何牽扯，簡單明瞭呢。我放心了，馬上就離開了。」

「你幾點離開的？」

「我想想。我九點左右拜訪他，嗯，大概談了二十分鐘左右，我就馬上走了。後來我去新京極喝酒慶祝，回家就睡了。」

「你有沒有在大鹿家抽菸？」

「嗯，我想一想哦。啊，對了。我有抽。我叫他借我菸灰缸，結果他拿出一個碗公。他好像不抽菸。」

「那個碗公裡，有別人抽過的菸蒂嗎？」

「沒有，是洗乾淨的碗公。裡面空空如也。」

「哦哦，謝謝你。啊，還有一件事。大鹿有沒有跟你說他要轉隊去幸運好球隊的事呢？」

「沒有，我們沒聊到這件事。他只說他需要錢，想請小光幫他安排交易的事。他只是為了這件事跟小光見面，根本沒說過結婚的事。」

「一大早的辛苦你跑這趟了。到外面稍等一下。」

如果一服的證詞可靠，他離開之後，有個女人，不對，說不定是男人，總之是個塗口紅的人上門，抽了兩根菸。

居古井警部傳喚光子。

「妳昨天好像忙到很晚嘛。今天又一大早勞煩妳跑這一趟。昨天夜裡，妳幾點去拜訪大鹿呢？」

光子哼了一聲，一臉若無其事的樣子，並未回答。她的肉體盡情伸展著，洋溢著光明正大的氣勢。

「妳的身材真好。請問妳幾公分呢？」

「一百六十六公分。體重五十七公斤。」

「五十七公斤。剛好跟我一樣呢。對了，聽說大鹿拜託妳幫忙交易的事，結果這件事怎麼啦？」

「有談成合約才能說嘛，我沒有談成，所以不能公開。這可是球團的祕密哦。」

「可是，妳不是說過，大鹿轉隊就是破壞了聯盟的規矩，會遭到棒球界驅逐，威脅曉葉子小姐，要她不准嫁給大鹿，不是嗎？」

「什麼威脅，我才不會做那種事呢。曉葉子才是一個怪人。這是一場仙人跳啦。她跟岩矢天狗共謀，想要捲走三百萬圓。」

「哦哦。妳怎麼會知道這件事？」

「我在車站的剪票口等他們兩個人抵達。兩個人從剪票口走出來的時候，岩矢天狗對葉子說：『雖然我今晚會搭著淒涼的夜班車回家，一想到老婆正在跟別的男人打情罵俏，就覺得不是滋味呢。』於是葉子說：『三百萬圓可是一筆大生意呢。』兩個人可是親密得很呢。我都快受不了啦。」

「原來如此。只有這樣嗎？」

「這樣還不夠嗎？」

「妳有沒有跟煙山碰面？」

「沒有。」

「妳跟大鹿見面的時間是幾點？」

「中午開始，差不多半小時左右。」

「不對，我問的是妳昨夜拜訪的時間。」

光子稍微露出抗拒的神色，後來自暴自棄地說：

「九點半左右吧。我找他沒什麼特別的事哦。我只是在河原町四條的咖啡廳裡，聽見國中生在討論大鹿先生。正好聽見他待在青嵐寺隔壁的畫室，雖然我沒什麼事要找他，還是想晃過去看看。」

「當時妳有沒有碰見一服？」

「我們在畫室附近巧遇了。我當時搭車，他走路。我別開視線，假裝沒看見他，讓車子開走。」

「一服有沒有發現妳？」

「我不知道。因為我很快就別開視線了。」

「然後呢。」

「我馬上就找到畫室了。大鹿先生一看到我，便說一服才剛離開。我跟他開玩笑。說：『葉子夫人要來了，你才會這麼迫不及待吧？』」

「他知道葉子小姐跟岩矢會一起搭乘十點四十七分的火車抵達嗎？」

「我倒是說了這件事。說她們一起來，事情一定不單純呢。我還告訴他，專賣新聞的記者正在車站埋伏的事，他嚇了一跳哦。不過，我並沒有告訴他火車到站的時刻。因為我必須去迎接他們嘛。所以我隨口騙他，說他們已經到了。」

「妳們有沒有聊到跟幸運好球隊簽約的事呢？」

「我問了，不過他岔開話題，沒有回答哦。可是我心裡有數。看他態度從容，安心自在的模樣，我知道他已經成功簽約了。中午見面的時候，我只是因為太心痛才會陷入混亂的情緒裡。」

「後來妳幾點離開的？」

「十分鐘或二十分鐘後吧，我只是因為打聽到他的住處，想要來挖苦他一下而已。差不多待了十分、二十分吧。我讓車子在門口等我呢。」

「妳會抽菸嗎？」

「當然。不抽菸等於是叫我十分鐘不要呼吸呢。」

說著，她從菸盒裡拿出香菸，點了火。

「請問妳特地在京都租了一間公寓嗎？」

「職棒相關人員都這麼做啊。因為我們老是東奔西跑。比起每次都在飯店過夜，租一間公寓方便多了。球探需要在別人沒發現的情況下工作，通常會有一個沒有人知道的祕密基地。像煙山這樣的強手，肯定會準備三、四個祕密基地吧。」

「妳只有一個嗎？」

「對，只有一個。因為我是菜鳥嘛。」

「妳知道煙山的祕密基地在哪裡嗎？」

「不知道。煙山先生可不是會隨便讓人知道的人。」

「所以妳從大鹿身邊離開的時候，他還好好的吧？」

「你的意思是人是我殺的嗎？」

「不是，我只是在問妳，有沒有發現什麼可疑的地方。」

「我完全沒發現有什麼可疑之處呢。我搭車到車站。直到我在車站捉住曉葉子之前，我都沒跟其他人見面。只要問一下司機，馬上就知道了。」

「原來如此，妳有明確的證人呢。司機是什麼樣的人呢？」

「我已經不記得了，不過對方應該記得我吧。昨晚才發生的事嘛。」

「沒錯。這樣一來，表示大鹿在十點左右還活著。」

「沒錯。」

「好，謝謝妳跑一趟。請妳再等一下，等我們調查完畢。」

他們將葉子、光子、一服三名證人留在警察署，就剛才蒐集的資料，召開搜查會議。

總之，當務之急是找到岩矢天狗與煙山的下落。

其五　火車上的合約

八點半左右，金口與木介被分公司的年輕人叫起來。兩人喝了悶酒，還在宿醉，頭痛欲裂，一點也不舒暢。

「出大事啦。大鹿投手昨天夜裡遭到殺害。分局長一直待在搜查總部。」

「咦？這是無法預測的奇怪事件。凶手是誰呢？」

「現在還不知道哦。怨恨啦偷竊啦，眾說紛紜。分局長打電話過來，說是他從幸運好球隊那裡拿到的三百萬不翼而飛了。」

「少騙人！」

「欸！說話不要那麼不客氣。」

「話說回來，我們兩個就是彌次喜多[6]。可是東京的超強記者哦。我們追著煙山，從早上七點半一直到夜間九點半過後。知道他去過的所有地方。」

「喂喂喂。別說大話啊。」

這下連金口副部長都要開口阻止木介了，不過木介毫不退卻。

「不不不，我可是知道的一清二楚哦。煙山在夜間九點半之前，確實不曾與大鹿見面。在九點半之前，三百萬圓還在煙山的包包裡，九點半過後，則是放在旅館裡。大鹿幾點被殺的？」

「夜間九點到十二點之間。」

「你看吧。」

「喂喂默介。別慌張。我們也是牽涉其中的角色了。好好想想。我們為什麼要跟蹤煙山？全都是一通奇怪人物打來的電話。這可不行。一定有人躲在暗地裡嘲笑我們。我們去搜查總部報到吧。」

於是，兩人前往搜查總部。

居古井警部聽了兩人奇怪的供詞，露出些許驚訝的模樣。

譯註6 滑稽小說《東海道中膝栗毛》主角彌次郎兵衛與喜多八。

「也就是說，你們從東京開始跟蹤煙山，一直跟到京都嗎？」

「沒錯。」

警部叫來一個刑警，告訴他從兩人那裡聽來的旅館名稱，命令他把煙山帶過來投案。刑警立刻出去了。

「所以他在大阪下車，拜訪了桃山、國府兩位選手，接下來直接前往京都，對吧？根本沒時間跟大鹿碰面呢。在九點半之前。」

「是的。可是呢。煙山趁我們兩個吃烏龍麵、喝酒的空檔，出門散步去了。不過他沒帶包包出門。」

「可是九點半是上野光子拜訪大鹿的時候，當時好像已經簽完合約了，他一臉安心的樣子。」

「怎麼會呢？」

「不知名的奇怪人物打電話來，命令你們去跟蹤他嗎？」

「不是，他只通知我們煙山的出發時間。」

「這下有趣了。」

「我們偶爾會接到一些奇怪的電話哦。我們是報社嘛。難免會接到一些騙人的電話，這次對方卻準確地說出煙山出發的時間。從東京出發，一直到京都為止，都能玩雙六遊戲[7]了。果然是新年的關係。」

「真是奇怪。請詳細說明跟蹤的情況吧。」

於是木介便心滿意足地說起詳細經過。

這時，煙山被帶過來了，所以把兩個人先叫出去，煙山戴著紳士帽，圍著白圍巾，提著兩個包包現身。木介一見到他，走到他身旁邊大聲嚷嚷。

「欸欸。他是魔術師吧？昨天是狩獵帽配黑圍巾耶。」

煙山狠狠地瞪了木介一眼，站在居古井警部面前。請他坐下之後，他莞爾一笑，打開包包，

譯註7　雙六是一種類似大富翁的遊戲，由於規則簡單，成了新年時親戚聚會時必玩的遊戲。

「看吧。狩獵帽跟黑圍巾在這裡。我們這門生意必須儘量低調，必須特別費心。」

「原來如此。上野光子小姐也這麼說。」

「她是女性，應該也很擅長才對。」

「昨天，你帶著簽約金跟合約書，搭車來到京坂一帶吧。」

「沒錯。」

「你跟大鹿選手簽約，是在幾點的時候呢？」

「唉。這件事說來也很奇怪。火車開到米原的時候，大鹿上車了。我問他怎麼知道我搭這班列車，他回答不知道我搭哪一班車，不過一直待在京都等候，心裡老覺得不踏實，所以隨興來到米原，過來等我搭的快車。從米原到京都，快車不會停靠其他車站。後來，他在車上跟我說了與上野光子之間的經過，我要他別擔心、放心，所以我們在火車上簽了合約，把三百萬交給他。嶄新的千元大鈔，在這種時候，嶄新的千元大鈔可方便了，雖然是三百萬，卻能塞進各個口袋裡呢。」

「疑？請問合約書是用毛筆署名的嗎？」

「沒有錯。請看。」

煙山打開包包，取出矢立[8]，展示給警部看。

「他是棒球選手嘛，通常不會帶什麼硯台或毛筆之類的東西。所以我總會隨身攜帶。」

「你真的很細心呢。可是，你知道有人從東京就一直跟蹤你嗎？」

「不，我不知道這件事。由於職業的關係，我在行動的時候，總是預設隨時都會被跟蹤。」

「原來如此，我知道了。對了，有其他人知道你從東京出發的時間嗎？」

「這個嘛。公司內部應該是社長。我想想看還有誰呢？對了，應該沒什麼

譯註8 用來攜帶毛筆與墨水的文具。

人知道才對。不過一般人應該會認為我搭乘九點的特快車。晚一個半小時出發，還能提早一小時四十分鐘抵達京都。不過特快車會遇到很多熟面孔，所以我很少搭乘。」

「坦白說。在你出發的前一天夜裡，有人打電話給專賣新聞，告知你的出發時間。對方當然沒有報上名字。剛才發出怪叫聲的人，就是跟蹤你的記者哦。」

「哈哈。這真是太奇怪了。有人知道我的出發時間呢。是誰呢？曉葉子可能知道吧，不過她應該不會做這種事。」

「你這趟關西旅行，事情都辦完了嗎？」

「是的。雖然有點奇怪，不過我提早完成與大鹿的簽約，原本不需要在京都過夜，不過我已經預約了旅館，所以我打算好好休息。畢竟我在這十天裡，來回跑了關西三趟呢。」

「你到京都的時候，都固定住那一家旅館嗎？」

「不是。只有這趟的三次。我很少住在固定的旅館。比起京都，我更常到大阪、神戶、南海沿線那一帶活動。」

「聽說你抵達旅館之後，出門散步去了。」

「對。我買了一些伴手禮。雖然我平常幾乎不會買伴手禮，而且也沒有空買，這一天難得忙裡偷閒，才會興起買伴手禮的心情。最後我買了這個。京都特產的口紅、香包、女用扇子，都是一些給女人的小禮物。啊哈哈。」

煙山打開包包，展示各種伴手禮。同樣的品項買了好幾份。這時順便請他打開另一個包包，除了變裝道具跟洗臉用品之外，就沒有其他東西了。

「請問你散步到幾點才回來呢？」

「我想想哦，從四條到三條，然後又晃到祇園那邊，到處走到處逛，才回到新京極，在睡前喝了點小酒，回到旅館的時候，大概是十二點半吧。說不定已經快一點了。」

「好的，辛苦你了。請稍等一下，等我們的偵訊理出一些頭緒。」

「不，沒什麼，好不容易才簽下來的選手竟然遭人殺害，我也覺得很心煩啊。之前花的心思，全都白費工夫啦。」

煙山苦笑著離開了。

居古井警部叫來葉子，問她是否知道煙山的出發時間，她回答只知道他會在早上出發，並不知道確定的時間，而且她也不曾跟任何人提起這件事。

這時刑警傳來岩矢天狗。他是一個三十七、八歲，身材矮小的男性，看起來卻孔武有力。在向他問話之前，他突然大叫。

「我沒有騙人！我走進黑漆漆的房間裡，腳絆到屍體，用手撐住地板。我點亮打火機，看看屋裡的情況。我找到開關，開了燈，心想，這下事情大條了。所以我立刻洗了手，關上電燈逃走了。我只待了三分鐘或五分鐘左右吧。不過，他確實已經死了。也許我留下腳印跟手印了吧，因為我哪來的時間擦掉啊。你可以去問司機。有人去殺人的時候，會叫車子在外面等他嗎？可是，一想到我有嫌疑，一時之間就慌了。這下子三百萬圓飛了，我也回不了橫濱了。我心想船到橋頭自然直，就去了應召站。」

他滿臉通紅。好像喝了酒。衣服的胸口處、袖口、膝蓋等地方，到處沾了血跡。雖然他似乎已經擦過一遍，仔細看還是看得出來。

調查他的手印與鞋子，的確是岩矢留下來的痕跡。

「你是不是還捨不得跟葉子分開？」

居古井警部直搗核心。

他冷然一笑。

「多少有一點吧。不過，如果能賣到三百萬，不管是多喜歡的女人，我都肯放手哦。」

「好，你等一下吧。我先問一下司機。司機是什麼樣的人？」

「你們自己找不就得了。」

「嗯，我們會去找。你去旁邊休息吧。」

請岩矢天狗離開後，居古井警部伸展身體。

「昨天夜裡應該有蠻多輛往返嵐山的京都計程車吧？要找出其中一輛。把時間表拿過來。前往博多的特快車，抵達米原的時間應該是下午五點五分。下午從京都出發，在米原搭上那班車，然後回家，只有一班車能這樣。下午兩點二十五分從京都出發的火車。差不多在四點三十分到米原。」

居古井警部閉上眼睛思考。

「我可以理解出門前往米原時，那股寂寞不安的情緒，不過呢……，讓我看一下合約書。」

他拿過來，直盯著瞧。

「在行進中的火車上，有辦法用毛筆寫得這麼工整嗎？除非是停車的時間，應該沒辦法吧。」

他又陷入思考，接著叫來一服投手。

「你從大鹿那裡回來的時候，遇見了上野光子小姐搭的車子吧？」

「不，我不知道。」

「不過你有碰見一輛車吧？」

「我也不知道，我沒什麼印象。」

「怎麼會呢？在那麼蕭條的路上，而且時間那麼晚，應該有印象吧？」

「我可能在想事情吧。」

「這樣啊。謝謝你。」

居古井警部在漫長的冥想之後，自言自語地說：

「不管怎麼想，嫌犯就只有那個人了，罪證確鑿了。」

接著，他露出愉快的微笑。

誰是嫌犯？

到了這個階段，「投手殺人事件」的一切關鍵已經毫無遺漏地呈現在各位的眼前。不需要作者再加以補充。

其中混雜了很多可疑的人物，妨礙各位讀者的推理，不過，相信憑各位的推理應該已經找出嫌犯了。

誰是嫌犯呢？

請找出嫌犯吧。

解決篇

居古井警部起身，下達命令。

「麻煩了，請通知各單位支援。要是對方印象模糊，可就頭大了。今天一定要找到人。」

「要找什麼呢？」

「找一輛車。」

「車子我們不是已經找到了嗎？載著岩矢天狗和上野光子往返嵐山的車子，

一共兩輛。」

「不是這些。是一輛只開了單程的車子。把曾經載人上嵐山的單程車，全都找出來，帶到這裡。」

「全部嗎？」

「全部都要。不管起點在哪裡都一樣。不過，要找從昨天傍晚五點之後，載客人上嵐山的車子。還有，只要找載過男性客人的車子就行了。對了，如果乘客多於一人，也不用帶過來。只要是從傍晚五點到深夜十二點之間，載過一名男性前往嵐山的車子，全都把他們找來。」

居古井警部想了一下，又繼續補充。

「還要找另一個更重要的東西，不過現在找起來還沒有頭緒吧。首先去找公寓。其次是學生雅房，提供別人借住的那種也要找。已經改成民宿的商店、別墅還有寺廟，全都要查。還有旅館。想得到的地方都去找一找。把那種承租了房間，但是房客偶爾才出現的地方，全都找出來。順便問一下，房客昨天晚上有沒有出現。房客是男性、中年男子。」

召集各單位來支援後，居古井警部將他們分成租屋及車子等兩個部隊，宣告注意事項，各自劃分區域後，請大家分頭進行搜查。

至於岩矢天狗、煙山、一服等三名男性，以及曉葉子、上野光子等共五名相關人士，則在警察署的柔道場休息，並派人看守。

不久，一名警官來到居古井身邊，

「東京的報社記者一直吵鬧，該怎麼辦才好呢？他們大聲怒吼：『為什麼把我們關起來！放我們出去！』又吵又鬧的，我們也不知道該怎麼處理。」

「啊。對了。他們也被押送到道場了嗎？他們沒問題。把他們放走吧。等一下把他們帶過來。」

木介暴跳如雷，金口則露出令人厭惡的微笑，被人帶了過來。

「京都的警察太無恥了吧！」

「欸、欸。消消氣吧。」

「少來。我們可是本著天長地久的慈善精神，明明在宿醉還是想要給你們一些搜查的線索，降臨到這個俗界的。哼，這算什麼啊。」

「抱歉、抱歉。解酒藥就由我來買單，請息怒吧。正好中午了。一起吃個便當吧。」

居古井警部取出三得利威士忌，為兩人倒酒。

「不會構成受賄罪吧？」

木介心情大好，舉酒乾杯。

「喂，居古井先生。只要是我們幫的上忙的，請儘管開口，請問可以洩露一點細節嗎？像是別家沒有報導的獨家。」

「哪裡還需要我洩露什麼情報呢？你們的跟蹤記就很好用了。」

「真是過獎了。」

「對了，記得是昨天早上七點三十分吧。你們最早看到煙山先生的時候，他穿著什麼衣服呢？」

「跟今天一樣啊。只有帽子跟圍巾不一樣而已。」

「口罩呢？」

「當時沒戴哦。要是他戴了口罩，再用圍巾包起來，我們就認不出來了。畢竟我們跟他是第二次見面。」

「這樣啊。真虧你認得出來。」

「別笑話我嘛。拜託了，請給我們第一個提示。」

「啊哈哈。第一個提示是你們給我的。」

「這可不行。那，第二個提示呢？」

「第二個提示來自上野光子。」

「什麼提示？」

「喂，再等等。今天一定會找到。我一定會找出嫌犯。對了，給你們第三個提示吧。聽好了，因為血液飛濺到牆上，應該會覺得嫌犯渾身是血吧？不過，除了葉子之外，沒有人的衣服沾到血跡。雖然岩矢天狗的衣服沾了血液，卻不是渾身是血的樣子。不過，嫌犯的衣服應該沾了大量的血跡。在他們的房間裡，卻找不到濺了血的衣服。這就是第三個提示。」

「完全聽不懂。」

「嗯，你們就寫跟蹤記吧。要是有好消息，我會第一個通知你們。」

傍晚時分。天色暗了。差不多是六點左右。

電話響了。居古井警部抓起聽筒，聽著聽著，露出緊張的神色。

放下聽筒之後，他把兩人找來。

「你們一起過來吧。大恩人。感謝你們的幫忙。是你們告訴我嫌犯是誰。我會在車子裡說明經過。走，出動了！鎖定嫌犯了。」

警部帶著兩人搭車。幾輛車子尾隨他們之後。

「分析你們的跟蹤之後，我們得知嫌犯的身分。」

居古井警部心情愉快地開始說明。

「聽好了哦。在火車上戴口罩、把臉埋在圍巾裡、經常換座位、換帽子或圍巾，企圖變裝的煙山，清晨在特別寒冷的外面，一直到搭上火車之前，都沒有戴口罩，露出整張臉在車站裡走動，這一點就能解開這起事件的其中一個謎團了。為什麼要露臉走過來呢？因為他必須讓某人看到他的臉。某人就是你們哦。只要了解這一點，就能解開電話之謎了吧。打電話的就煙山本人。他必須被你們跟蹤。這是為了要讓你們看見他搭乘七點三十分出發的火車。」

「所以他沒有搭嗎？」

「他搭了。搭了一陣子吧。我想他可能在熱海或靜岡一帶下車，改搭隨後到站的燕子號特快車吧。因為他必須比你們更早抵達京都。雖然燕子號晚一個半小時出發，卻能更早抵達京都，反而能爭取到一個小時四十分鐘。他必須在這一小時四十分鐘之內完成工作。抵達京都之後，他要司機加速，趕到大鹿的畫室，付給他三百萬圓，簽訂合約。為什麼他必須這麼做呢？這是因為他如果沒付錢、簽約，即使殺死大鹿，他也沒辦法奪走那三百萬圓。煙山讓你們跟蹤他。他沒辦法在你們跟蹤的情況下，前往大鹿的祕密基地。因為你們本來就是最想得知大鹿下落的人，一旦得知祕密基地，就會發揮記者的看家本領，馬上就闖進去，徹頭徹尾地詢問緋聞事件吧。可是他只能在晚間十一點三十分之前完成犯行。因為葉子與岩矢天狗將在十點四十七分抵達京都，差不多十一點半左右就會來到嵐山了。要是被你們發現，就會錯失機會了。於是他必須搶先一步，在不被你們發現的情況下付錢、簽合約，所以他改搭燕子號特快車，利用一小時四十分之差，往返嵐山的大鹿祕密基地。為了掩人耳目，他還準備了一個策略，說是叫大鹿來米原接他，在車上完成簽約。可是呢。合約書上的簽名碰巧是正體的楷書，若不是停車期間，絕對寫不出這樣的字體。在米原停靠的時候，並沒有足夠的時間可以簽名。這是因為需要扣除大鹿找到煙山的時間，還要花時間聽他說明事情的經過，根本不可能一見面就亮出合約書。不過啊。火車從米原出發之後，直到京都為止，都不曾靠站哦。發現這件事的時候，我忍不住笑了。痛笑的大笑呢，然後，我總算能掌握事件的全貌了。第二個提示來自上野光子，如同光子以公寓為祕密基地，煙山肯定也有他的祕密基地。這樣一來，第三個提示的謎題也解開了。沾了血的衣服就藏在他的祕密基地。被奪走的三百萬圓也在祕密基地。煙山假裝出門散步，離開旅館，先衝到他的祕密基地，換好衣服，再趕往嵐山。也許他帶了替換衣服吧。抵達畫室之後，他趁著開門的大鹿轉身之際，突然一刀刺向對方，一陣亂刺之後，把臉跟手上的血洗掉，把錢搶走，再換掉衣服，回到祕密基地。這時，他又換回原本的服裝，帶著他預先買好的各式伴手禮，半路到新京極喝杯小酒，再回到旅館。他的如意算盤應該是等待偵訊結束，洗清嫌疑之後，再把三百萬圓跟沾了血的衣服塞進那兩個空空如也的包包裡，帶回東京處置吧。」

他說明結束之後，車子已經抵達位於太秦的祕密基地。那是一所公寓。從屋主不在的兩間房間裡，已經搜出所有的東西，包括沾了血的衣服、三百萬圓以及兇器，等著他們抵達。居古井警部微微一笑，指著他預期的事物，然後拍拍兩人的肩膀。

「這是從你們那裡得到提示的謝禮哦。趁其他報社記者還沒上門的時候，立刻衝去分公司，打電話給東京的總公司吧。然後，以最快的速度寫完那篇跟蹤記。就這樣，掰掰。」

他咧嘴一笑，湊在兩人耳邊說：

「報社的紅包跟我們警察的紅包，哪個比較大包呢？哇哈哈。」

他一邊笑著，把兩個人推出門外，在他們的耳邊輕聲說：「再見。」

南京蟲[1]殺人事件

聽了他的證詞，似乎難以解釋他們之前的看法。堂堂一個南京小姐，怎麼可能會捉襟見肘呢？警方推測她過去賺取的金額，至少超過一億圓。

消失的男子

「不知道這家的女主人是誰呢？」

每回經過這戶人家前方，波川巡警總會習慣性地想起這個問題。被木板圍牆環繞的小房子裡，住著一名年輕女子，聽說是出了名的大美女。

在警察的戶口調查名簿上，寫著「比留目奈奈子，二十八歲，職業鋼琴家」，卻是個不怎麼熟悉的名字。儘管偶爾會聽到鋼琴聲，不過更有名的卻是老是叫個不停，似乎是德國牧羊犬的猛犬吠叫聲。

德國牧羊犬今天依然吠個不停。隨後傳來女子拔高的聲音。

「你什麼意思！小包裹……我不知道……你這是在威脅我嗎！」

波川巡警不禁停下腳步。雖然他只聽見斷斷續續的內容，不過他聽到的部分似乎不是什麼和平的內容。女子的語氣也非比尋常，感覺十分憤怒。

男子的聲音講個不停，似乎在回答她，不過這個聲音比較低沉，根本聽不清楚。看來他們在玄關前對話。再次傳來女子的聲音。

「我可不清楚。什麼意思？你可別栽贓到我頭上！我要報警了哦！」

聽到這句話，門外的波川巡警下意識地喀啦喀啦地拉開門，毫不猶豫地走進去。他心想，獨自住在這屋子的女主人，肯定會很高興吧。

然而，事情卻不是如此。兩名男子站在玄關的水泥地處。

女主人奈奈子從屋裡俯看著兩人，雙方似乎針鋒相對，看見穿著制服的巡警闖進來，三個人同時轉過來，露出狼狽神色的，反而是奈奈子本人。

「請問發生了什麼事嗎？」

波川巡警呼吸急促地厲色問道：

「我從外面經過的時候，正好聽見有人說要報警，忍不住衝了進來，請問有什麼我能幫得上忙的地方嗎？」

譯註1 女性金屬錶款的俗稱。

「沒、沒什麼啦。他們是我的熟人，為了一點小事起爭執，才會開玩笑說那種話。」

「這樣啊。不過我聽起來不像是在開玩笑呢……」

波川巡警觀察兩名男子。其中一人是身材壯碩的年輕男子，看來有點像混混，不過衣服是上等貨，看來所費不貲。另一名男子看起來體弱多病，戴著知識份子風的眼鏡，把雙手插在大衣裡，看似十分寒冷的模樣。水泥地上放著一個皮革製的波士頓包。若說是登門強迫推銷，這兩個人的打扮倒也不俗氣。

「什麼事也沒有，請回吧。」

聽到奈奈子這麼說，他也不好意思再久留，觀察就此打住，不得不退出了。

「真是奇妙的組合。雖然她說是熟識的同好，看來也不太像啊。那個波士頓包裡放了什麼呢？總覺得好在意啊。」

波川巡警年約四十五，是個出了名的沒錢又沒地位的男人。他突然想起從過去種種經驗中得到的第六感。

「對了。這就是所謂的第六感嘛。」

彎進一町[2]遠的雜貨店旁小巷，就是波川巡警的家。在回家的路上，原本還期待著回家後先泡個澡，再享用晚餐，現在可沒空了。好，變裝之後去喬裝跟蹤吧，他急急忙忙地衝回家裡。

「馬上幫我準備西裝跟大衣。晚餐等一下再準備就行了。喂，百合子，妳也準備出門。要去跟蹤可疑人士。」

波川的女兒——百合子也是女警。這天正好休假，待在家裡，她穿上洋裝之後，兩人看來就像是同公司的男女員工，下班後走在回家路上的模樣。他們急忙折返，幸好兩個人好像還待在奈奈子家裡。狗還在嗚嗚低鳴。看來兩個人好像進去屋子裡了。

「都讓他們進家門了，應該不是什麼可疑的訪客吧？」

譯註2　一町約為一〇九公尺。

「也許吧。反正我們都來了，就看一下情況吧。」

他們躲在陰影處埋伏，不久，兩名男子走到門外。看似混混的男子拎著那個波士頓包。

兩個人走向電車道的反方向，往人煙稀少的地方走去。

「往那個方向走的話，表示他們住在走路到得了的地方。我們去一探究竟吧。」

「好的，就這麼做吧。」

兩個人保持三十間[3]的距離，在後方跟蹤。兩個人隨口聊天，若無其事地佯裝成路人，跟在後頭。看來這一招不太聰明。

兩名男子不停走著。終於離開世田谷區，來到澀谷區。繼續往山上走，就是一些受到戰火嚴重侵襲的大宅邸地帶。越過這片山丘，就是澀谷的鬧區。

在世田谷站下車，走到澀谷區，這樣的回家路線對上班族來說並不尋常。要回到這一帶，必須在其他車站下車才對。波川父女心想糟了，面面相覷，

「可能被發現了。不過，他們也沒搭電車，走到這個地方，實在是很奇怪。也許他們會突然兵分兩路逃走，到時候，我們就鎖定那個提波士頓包的傢伙吧。」

「你有沒有帶槍？」

「帶了。」

他們終於進入山上的大宅邸地區。一座宅邸就多達幾千坪，其中甚至還有超過一萬坪的大宅邸。高聳的石牆綿延不絕地蜿蜒在側，白天幾乎也不見人影，是一個人煙稀少的地方。石牆與院子裡的樹木都維持以前的模樣，石牆裡的宅邸多半已經被燒個精光。

兩名男子沿著石坡轉彎。這時傳來「咚」一聲，重物落地的聲響。

「上吧！」

譯註3 一間約一・八公尺。

巡警父女拚命地往前衝。他們擔心自己彆腳的跟蹤技術遭人識破，所以保持相當遠的距離，導致了後來的惡運。好不容易來到轉彎處，這時，看似混混的男子把看似知識份子的男子扛在肩上，推到高牆上。父女看到他們時，看似知識份子的男子已經消失在石牆的內側了。

波川巡警從大衣底下取出手槍，

「把手舉起來。我是警察。」

留下來的男子似乎不打算逃跑，反而若無其事地高舉雙手，

「有事嗎？我可不是什麼可疑的人哦。」

「波士頓包在哪？」

「我可沒有那種東西。」

方才聽見的「咚」一聲，便是將波士頓包扔進石牆內側的聲音。波川巡警這才察覺，正在思考該逮捕這名男子呢？還是去追跳進石牆裡逃走的男子，不禁抬頭望了高大的石牆一眼。這時，他的氣數已盡。

他的手臂突然遭到撞擊，感到一股被烈火燒灼般的痛楚，手裡的手槍同時發火後，掉到地上。這時心窩也遭到一擊，讓他倒地不起。同時，百合子的臉也遭到攻擊，倒在地上。

百合子忍著痛楚，努力望向腳步聲潛逃的方向。男子突然轉進石牆另一頭的小路，消失了蹤影。

大約兩分鐘後，巡邏的巡警聽到槍聲，衝過來一探究竟，這才把百合子與父親扶起來。聽了事情的經過後，巡邏員警說：

「原來如此。這樣的話，找出石牆裡的男子應該是最快的方法了。話說回來，這戶人家養了很多杜賓狗和德國牧羊犬哦。只要把那些狗放養在院子裡，那個男人沒死大概也只剩半條命吧。你們有沒有聽到類似的聲響呢？」

然而，由於手槍發火後掉在地上，附近的犬隻都一起嗚嗚叫個不停。只要狗一叫，四面八方的狗都叫了起來。實在是無法集中精神聽某隻狗的叫聲。

「現在才八點，不如我拜託這戶人家讓我們調查屋裡吧。這是一戶姓陳的中國人家，可能會有點囉嗦吧。」

他們繞到大門，找人幫忙帶路。那裡有一個警衛室，一名中年的日本女傭探頭出來。她與內部的本邸聯絡之後，沒想到對方爽快同意讓他們到院子裡搜查，入口果真有很多杜賓狗和德國牧羊犬，才踏進院子一步，牠們就跳起來，擺好架勢，瞪視著他們。

「可以麻煩你們把狗綁起來嗎？」

「好的，我現在就去綁哦。」

「你們一直放狗在外面走嗎？」

「是的。天黑之後，每天晚上都會把牠們放進院子裡。」

「那傢伙應該被咬了。」

然而，任憑他們翻遍院子裡的每一個角落，都找不到男子的身影。也沒有與犬隻打鬥的痕跡。只看見他從石牆上躍下的地方，有一點凌亂。

「欸，怎麼會這樣？」

百合子用小型手電筒，不死心地到處翻找，在男子躍下地點處的樹根，發現一個小小的東西泛著光茫，她把它撿起來。

「是一隻金錶。女性用的南京蟲。男人會戴南京蟲嗎？」

真是一個奇妙的拾得物。

慘遭殺害的奈奈子

次日，由於心窩遭到打擊的痛楚，原本排休的波川巡警睡到中午過後還沒起床。結果被急著衝回家裡的百合子搖起來。

「大事不好啦。比留目奈奈子遭人殺害了。遇害時間是昨天晚上。那兩個人就是嫌犯哦。」

波川忘了疼痛，直接跳起來。

百合子也遭人毆打下巴，嘴角都破了，下巴腫起來，美女警察整張臉慘不忍睹。原本不想讓別人看到這張臉，打算休假一天，不過還要報告昨天晚上的事，只好到分局報到，沒想到碰上奈奈子遇害的騷動。

「只有爸爸看過嫌犯的長相，他們要你馬上過去。」

「已經確定那兩個人就是嫌犯了嗎？」

「好像有證據哦，聽說還有其他足以佐證的重大事證。據說遇害的奈奈子竟然是個大人物哦。暗黑街的神秘黑幫女老大——南京小姐。」

「真的嗎？」

波川早已將心窩的疼痛拋到腦後，連忙穿上衣服。

這陣子有一個大量走私南京蟲的人，主要在東京、橫濱一帶活動。聽說她是絕世大美女。總是在她指定的機密地點無聲無息地現身，從包包裡隨意取出大量南京蟲，換了錢之後就消失得無影無蹤。她身邊總是有兩名年輕的保鑣，在交易結束之前，總是把手指扣在手槍扳機上，持續監視著。他們也進行毒品交易。沒有人知道她的來歷，只知道同夥稱她為南京小姐。當局好不容易才派了間諜潛入，發現南京小姐的存在，不過還沒能打探出走私管道，更別說是南京小姐的住處及姓名。

然而，警方似乎在遇害的奈奈子的屍體旁，發現了大量可以解開南京小姐之謎的重大證物。

奈奈子死於手臂的毒品注射。她穿著和服，現場沒有凌亂的模樣，宛如睡夢一般，非常安詳地死去。沒有東西遭竊，她的死法看來反而像是自殺。

不過，調查奈奈子屍體的警察醫卻嚇了一大跳，忍不住驚叫出聲。不管是奈奈子的手臂還是雙腿，都有數不清的針孔痕跡，肌肉都僵硬了。她是一個毒品成癮者。從壁櫥中找出大量佐證用的嗎啡安瓶。

兩名嫌犯可能告訴奈奈子要幫她注射毒品，結果換成毒性更強的毒品。不過，波川巡警對這點表示存疑。

「雖然奈奈子稱兩名男子為熟人，不過雙方在玄關怒目相向、爭吵，實在不像會讓男子乖乖注射，或是在男子面前自行注射的樣子啊。」

不過，在奈奈子小巧別緻的家中發現十分讓人意外的各式物品，又陳述了重大的事實。

壁櫥裡有幾罐外國製造的罐頭果汁。還有一個空罐頭。不過，那個空罐頭根本沒有曾經裝過果汁的痕跡與氣味。

還有一個大型的馬口鐵罐，似乎用來包裝這些罐頭，不過從壁櫥裡找到的罐頭，總數還不到馬口鐵罐的三分之一。同時，在奈奈子家也找不到這些不足額的罐頭。

更教人意外的是，警方也找到用來包裝這些罐頭的包裝紙，表示這是從香港空運到羽田的包裹，收件人是奈奈子。壁櫥深處塞滿了似乎是用來包裝的香港報紙，成了這些罐頭來自香港的證據。

還有其他令人意外的事。書桌的抽屜裡、化妝箱裡、鉛筆盒裡，總共找出五十三隻隨意放置的南京蟲手錶。

奈奈子的包包遭人胡亂翻找，棄置於屍體旁邊，裡面還留著一隻沒帶走的南京蟲。嫌犯似乎是來搶包包裡的南京蟲。

「所以比留目奈奈子就是南京小姐嗎？原來如此，即使是死亡後的臉孔，依然會讓人產生想衝上去抱住她的衝動，果真是個不折不扣的大美女啊。」

「從香港空運過來的罐頭之中，大約有三分之一是真正的果汁，其他三分之二是南京蟲，這樣嗎？」

「這下解開嫌犯拎波士頓包的謎團了。」

於是，警方著手調查羽田的海關、相關單位的郵差等人，得知這個包裹在前天早上寄到奈奈子手上。不過，在更早之前，約四個月前開始，就從香港陸續寄來五件差不多的包裹。

有件事，波川巡警怎麼也想不通。

「我之所以會停下腳步，是因為奈奈子的叫聲。『小包裹……我不知道……你這是在威脅我嗎！』……這到底是什麼意思呢？」

「也就是說，嫌犯得知南京蟲已經寄達，過來拿取，可是她隱瞞事實，表示包裹還沒寄來。也許這就是奈奈子遇害的原因吧。」

這樣說來，一切似乎合情合理了。不過，一直有一種無法證明，卻有哪裡不太對勁的念頭，在他的腦海之中揮之不去。後來又找到新的事證，讓他放棄打消這個念頭的想法。

見過嫌犯的只有波川父女，警方根據兩個人的印象，繪製了嫌犯肖像畫。只有波川巡警見過長得像知識份子的眼鏡男，所以可信度比較低，不過長得像混混的年輕人，則是比對兩人的印象畫出來的，畫出了兩個人都直呼十分相像的肖像畫。

警方讓半年前還是奈奈子老公的企業家勝又，看了這幅肖像畫。

「這個男人啊，我曾經看過他來找奈奈子，大概見過三、四次吧。」

「另一個人也在一起嗎？」

「沒有，我每次都只有看到這個男人。」

「他是為了什麼事來找奈奈子呢？」

「老實說，就是因為知道他來做什麼，才會讓我萌生與奈奈子離婚的念頭，這男人是來賣嗎啡給奈奈子的。嗎啡就是她的命，也可以說，要是沒有這個男人，奈奈子就活不下去了。」

「所以他是她的外遇對象嗎？」

「不是，至少在我們還沒離婚的時候，這個男人並不是她的外遇對象。奈奈子沒有他就活不下去，意思是嗎啡是奈奈子的命。就我所知，他們兩人的關係只是單純的買賣交易。」

「奈奈子小姐的生活費大約是多少呢？」

「我每個月固定給她五萬圓，林林總總加起來，說不定有七、八萬吧，總之，奈奈子為了拿錢去買嗎啡，連女傭都省下來，總是過著拮据的日子。」

聽了他的證詞，似乎難以解釋他們之前的看法。堂堂一個南京小姐，怎麼可能會捉襟見肘呢？警方推測她過去賺取的金額，至少超過一億圓。

自從南京小姐在走私界現身，到現在也才五個月左右，雖然是跟勝又離婚之後的事，如今，奈奈子的壁櫥裡，除了果汁罐頭跟嗎啡安瓶，就找不到其他值得關注的物品了。也找不到足以稱之為美女性命的衣裳，就連和服都只有一件。似乎連鋼琴都賣掉了，根本不見任何蛛絲馬跡。怎麼也想像不出一個走私販毒，卻為了毒品賣光所有物，生活拮据的南京小姐形象。

「爸爸，你的直覺似乎猜對了。這起事件暗藏著我們看不見的隱情。」

聽了百合子的話，波川有點羞赧，

「我對自己的直覺也沒什麼信心啊。只是覺得好像有點奇怪，倒是說不出哪個地方有問題。」

「讓我來說說哪裡有問題吧。」

「嗯。」

「嫌犯跳進陳家的屋子裡，卻沒有遭到猛犬襲擊，這是一個謎哦。我調查過陳家的杜賓狗跟德國牧羊犬了。牠們都在警犬訓練所受過一年以上的訓練，都是非常優秀的犬隻哦。除此之外，屋裡還有波士頓㹴跟拳師犬等體型比較小的猛犬。不熟的人根本沒辦法跨進他們家一步，是個可怕的地方呢。」

「他們家的院子那麼大，如果狗待在一個角落，也許不會發現其他角落發生的事吧。」

「也許有可能吧……」

不久，百合子痛快地大叫。

「不管怎樣，我親自去問一下吧。雖然靠我的直覺可能無法掌握事情的全貌，不過，我總覺得沒辦法放棄啊。我現在就去拜訪陳家吧。」

看來，百合子臉已經消腫了，恢復成以往柔弱、可愛的臉龐。

美女與佳人

百合子穿著女人味十足的便服出發，卻沒有隱瞞她女警的身分。

「前天夜裡，事件的嫌犯逃進這棟屋子之後，不知去向了，我想來跟主人見個面，打聽一下嫌犯的消息。」

「我們家先生去台灣洽商了。」

「請問他有代理人嗎？」

「他有一位千金，但是我不知道她是否願意見妳。」

「還有其他家人嗎？」

「這個家裡沒有夫人，也沒有兒子。這家的男性只有妳剛才看到的狗。」

「請幫個忙、行行好，讓我跟小姐見上一面吧。」

「我們不喜歡巡警，算了，看在妳是女人的份上，幫妳通報吧。」

沒想到小姐竟然爽快地點頭，於是她被帶進宅邸之中。這戶人家的房子也在戰亂之中燒毀，陳家租下土地，蓋了一座小巧、別緻的洋房。屋裡莫約有十個房間，和庭院比起來，不算是寬敞的房子。

百合子被帶進大廳，陳家千金隨後現身，她美得讓百合子驚豔地說不出話來。臉自然泛起紅潮，結結巴巴地以她不怎麼拿手的英文，說：

「抱歉、突然來訪。我是、女警……」

小姐笑眯眯地說：

「說日文吧。我的日文很好，跟日文母語者差不多。因為我是在日本長大的。妳真的是女警察嗎？」

「是的。」

「欸，哪來這麼可愛的警察呀。妳逮捕過男性嫌犯嗎？」

「不，還沒有機會。」

「一個人來這個到處都是猛犬的中國人家裡，妳一定很緊張吧？」

「是的。當我看到小姐的時候，都不知道該怎麼辦才好了。」

「妳嘴巴真甜。只要是我答得出來的範圍，我都會回答，請說出妳的來意吧。」

「我想問前天夜裡，逃進這座房子後消失的嫌犯，我實在想不通，放養在院子裡的杜賓狗跟德國牧羊犬怎麼會放過闖入者。」

小姐看似非常認同地點點頭。

「真的很不可思議呢。可是呢，不懂狗的人可能比較會想像吧，狗好像沒那麼聰明、伶俐哦。這是我身為飼主的感想。」

「如果闖入者是經常在府上出入的男性，狗會放過他嗎？」

「要是跟狗很熟的話，可能吧？不過，跟狗很熟，牠們願意放過的男性，在我家應該只有我父親哦。」

「令尊目前不在日本吧？」

「是的。他已經去台灣半年了。不過，現在畢竟是亂世嘛，四海為家的人總是神出鬼沒。說不定，他在我不知道的時候，已經回到日本了啊。如果我的父親是闖入者，應該是一個六十歲左右，白髮蒼蒼，五尺五寸[4]的優雅男子。」

「嫌犯的年紀大約三十歲左右，身高不到五尺三寸[5]。」

「那就不是我父親了。先別說身高，年紀是騙不了人的。」

「那天晚上，妳有沒有發現有人闖進府上呢？」

「直到你們搜索院子之前，我都沒有發現異狀。我當時正在看書。」

「我們離開之後呢？」

「嗯。也沒有哦。」

到了這個階段，百合子已經把問題都問完了。她認為自己不應該對如此清純可人的千金，詢問更多關於來路不明的嫌犯之事。

不過，最後她還是鼓起異常的勇氣，下定決心發問。

「我知道這個問題真的很失禮，既然妳提到亂世了，還請妳務必見諒。坦白說，逃進這間屋子的嫌犯，是販賣走私品的嫌犯。說到走私品，就常識來說，在把走私品交給日本人之前，我們會先設想對方是外國人士。我之所以來府上訪問，也是出於這樣的期待。見了小姐之後，我雖然不再對這件事有所期待，為了保險起見，還是決定發問。我就老實說了。請問令尊有沒有涉及販賣走私

譯註4　約一六五公分。

譯註5　約一六〇公分。

品呢？」

老實也要有個限度才對。她對其他人反而不會這樣講，由於對方是容貌討喜，幾乎令人摒息的千金小姐，她反而卸下心防，除了開門見山地說清楚，她也想不到別的法子了。

小姐吃驚地瞪大了雙眼，眼睛眨了好幾回，溫柔地瞪著百合子。

「如果妳說得是真的，我想應該沒有人會老實說吧。妳這個人真是的，怎麼敢問這麼大膽的問題呢？」

「因為妳剛才說的話嘛。妳說四海為家的人總是神出鬼沒。」

「日本的女警還真敏感呢。」

「所以真的是這樣嗎？啊，不好意思。」

「妳不用道歉哦。在這樣的亂世，來外國賺錢、以四海為家的人，應該只能靠這門生意了吧。所以，我想妳的直覺可能是對的，不過呢，走私品林林總總。說不定有些走私品還是政府或是其他勢力私下鼓勵的呢。」

「對不起。」

「別放在心上。所以，如果我父親是那種人，妳打算怎麼做呢？」

「不、沒事了。」

百合子掩著嘴，忍著笑意起身。

「說不定我會再過來問其他奇怪的問題，請問妳還願意見我嗎？」

「好的。不管幾次都歡迎妳。不是公事也沒關係，好嗎？」

「謝謝妳。」

百合子帶著滿心的期待，恍如做夢一般走到門口。

她往澀谷車站的方向走著，有人從後面叫住她。是她的父親。

「我很擔心妳，所以偷偷過來看妳的情況。還順利嗎？」

「回家再告訴你。」

百合子牽著父親的手，像出門遠足的孩子一般，把手用力甩高，興奮地走著。

父親的推理

回家之後，百合子告訴父親在陳宅發生的事。

父親露出相當意外的表情，聽完百合子說的話，有點落漠地說：

「女人就是這樣啊。」

「什麼？」

「連妳這麼認真的人，失了魂都變成這樣。我說啊。妳出門的時候，不是抱著重大的決心嗎？出發的時候，妳明明就說要去問一個很棒的問題，為什麼猛犬沒有攻擊闖入者？」

「這哪是什麼很棒的問題，爸爸你是不是在嘲笑我？如果闖入者從狗所在位置的另一邊跳進去，狗可能會因為屋子很大的關係，沒有發現，你剛剛明明說過啊。」

「我確實說過這件事。可是，接下來就會被發現啊。看來，妳的問題最切中事情的核心了。」

「我認為我反而離核心最遠了。就是因為事情太合理了，反而會讓人忘記『偶然』這個重要的現實。」

父親哀傷地搖搖頭。

「我是擔心妳，才會一直在外面等，等到妳從陳家出來，我並不是為了這起事件，而是為了妳，才會順便思考這起事件。所以我才會發現我們之前的想法受到限制，沒能察覺的可怕之事。聽了妳的話，更加深了我的自信。走吧。我們去挑戰我的自信。」

「要去哪裡呢？」

「放心吧。不是陳家。我們去警察署。我想順便讓妳看一個東西。」

父女倆去了警察署。父親把女兒帶到這起事件的證物之前。

「這裡有五十五只南京蟲。五十四只是從奈奈子家搜到的，另一只是在犯人跳進陳家的位置撿到的。妳分得出來是哪一只嗎？」

「我知道。是有錶帶的那一只。」

「沒錯。」

接下來，父親取出被害者的現場照片，給女兒看。

「妳看看這張照片。有沒有什麼奇怪的地方呢？」

那是安詳逝去的奈奈子的上半身。因為她是遭人注射毒品之後死去，所以左手臂的衣袖挽到肩膀一帶，除此之外，沒有什麼特殊的地方。

「我沒有看到什麼奇怪的地方。」

「好，接下來看這個。」

父親打開整理好的證人證詞，找出一處。

「妳看這一段。」

那是附近鐘錶商的證詞。根據內容所述，當下中午過後，奈奈子來賣一只錶。她說要用賣錶的錢，買一條錶帶。照理來說，把手錶賣掉之後，反而會多出一條用不到的錶帶，可是她卻要買一條錶帶，鐘錶行覺得十分怪異。

「對啊。鐘錶行應該覺得不可思議吧。」

「妳不覺得不可思議嗎？」

「因為她沒有錶帶，才會買吧。」

「當然。那條錶帶，妳看，是不是跟南京蟲一起，戴在打了針的奈奈子左手上呢？」

「對啊。」

「所以這只南京蟲呢？」

父親說著，拎起在陳家撿來的南京蟲錶帶，在她面前晃動。百合子的臉色逐漸失去血色。百合子忍不住用力揪住桌子的一角，

「爸爸，你到底想要說什麼？」

「不要堅持己見。」

父親將有錶帶的南京蟲放回原處。從奈奈子家找到的五十四只錶，只有錶面，沒有錶帶。

「妳的直覺真的很厲害。我還記得那天晚上，在陳家院子撿到這只錶的時候，妳低聲說的話。妳當時自言自語地說：『男人會戴南京蟲嗎？』到了隔天，奈奈子的屍體被人發現，在屋子裡搜出堆積成山的南京蟲。因此，在陳家撿到的南京蟲的特殊性就顯得薄弱了不少，任誰都會想，在嫌犯走動的地方，掉了一、兩只南京蟲，是很正常的事。我當然也是這麼想。直到今天，我才發現，只有在那裡撿到的南京蟲才有錶帶啊。」

百合子心急如焚地大喊：

「所以你到底要說什麼呢？」

父親端出嚴肅的表情。

「妳這樣一點也不像警察該有的樣子。根本不用我開口……妳不是已經知道了嗎？逃進陳家院子裡的，一定是假扮成男人的女子。嫌犯掉的可不是偷來的南京蟲，而是她自己的所有物，戴在她手腕上的南京蟲。因為奈奈子的手腕確實戴著她自己的南京蟲，所以想不到其他的可能性了吧？」

「富家千金需要殺人、強盜嗎？」

「我也是這樣想。不過，就是因為妳深受陳家千金的美貌蠱惑，我才能得到新的靈感。大家不是都說南京小姐是絕世美女嗎？怎麼樣？這下妳總該想清楚了吧？」

「我還不是很明白。」

「好、好。妳很快就會懂了。總之，只有我們看過逃進那戶人家的男人的面孔。不管她塗了多黑的粉底，戴上眼鏡，只要我親自跟她見面，就能認出來。」

南京小姐的告白

波川巡警只向女兒坦述自己的見解，還不曾向其他人說起。要向經驗老道的人說起這件事，必須謹慎小心，要是他的推論正確，可是值得炫耀一輩子的殊榮。對他來說，這可是有生以來的大事件，讓他的心波濤洶湧。他按著撲通撲通跳個不停的胸口，在警察署裡到處走動，拚命地擬定作戰計劃。

他甚至沒有發現，女兒已經趁隙消失了蹤影。

不知道什麼時候，百合子已經悄悄離開警察署，在陳家的玄關，與千金小姐對坐。有一半是出於茫然，才會走到這裡。

就連千金小姐都面色蒼白。不過，當百合子說完父親的推理，她安靜地執起百合子的手，緊緊握住。

「謝謝。百合子小姐。我真的很開心。就連我的母親，都不曾像百合子小姐這麼關心我。」

小姐雙眼噙淚，百合子也跟著濕了雙眼。

「所以是真的嗎？」

「唉，妳明明知道是真的，才會衝過來吧。沒錯，南京小姐就是我。殺了奈子小姐的共犯也是我。我的父親不在台灣，而是在香港。他把南京蟲跟毒品送進日本。不過走私的路線一直被查獲，愈來愈棘手了，所以我們想了新的方法。

那就是找一個毒品成癮的人，用毒品利誘他，網羅一些幫忙收走私包裹的收件人。奈奈子小姐就是其中一名收件人。可是，那一天，她偷偷打開包裹，得知內容物，在利慾薰心之下，否認包裹已經寄達。不久，毒品的藥效就發作了，跟我同行的人，以前經常幫奈奈子小姐打針，他害怕奈奈子小姐改變心意，讓我們新的走私路線遭到查獲，所以在奈奈子小姐不曾自覺的情況之下，替她注射大量毒品，殺了她。」

千金小姐已經恢復冷靜。甚至面帶笑容地敘述。

「我一直協助父親，掌握了數億圓的財富，不過，下次父親回到日本，我打算殺了他。畢竟是亂世嘛，我的心已經跟惡鬼沒什麼兩樣了。我打算賺錢之後報仇。對那些讓我痛苦的人、或是沒辦法讓我痛苦的人報仇，尤其是父親，我一定要對他報仇。因為，他並不是我的父親。而是我的丈夫。我只是他花錢買來的小老婆之一。而且，我是日本人。」

千金小姐用力地握了握百合子的手，站了起來。對她嫣然一笑。

「請把我的日本名字跟身分，跟我一起永遠埋葬在墳墓深處吧。接下來，我會把剛才的內容寫成告解信再尋死，不過，我不想寫下我是日本人，還是他的妻子這件事。我的自尊心不容許我這麼做。我只告訴妳一個人，如果我連臨死都還要騙妳，死後我應該會孤單得不得了吧。」

千金小姐留下一臉茫然、不知如何是好的百合子，以安靜的步伐，走上通往自己房間的樓梯。

山神殺人

平作提著燈籠，率先走在山路上。那是一條僅供人們排成一列前進的小路。在滂沱大雨之中，加久又一直不斷地誦經，所以聽不見其他的聲響。

十萬圓買兇殺子

——逮捕三名布教師[1]——

【青森報導】上個月二十三日，東北本線小湊、西平內之間（青森縣東津輕郡）的鐵軌旁，於青森縣上北郡天間森村天間館，發現坪得衛先生（無業，四十一歲）的屍體，國警青森縣本部及小湊地區警察署目前朝他殺方向進行偵辦，於八日查獲主嫌為青森縣東津輕郡小湊町的須藤正雄（御嶽教導師，二十五歲），同時於十八日早晨，逮捕被害者之父，上北郡天間林村天間館的坪得三郎（民生委員兼農夫，六十一歲），以及將得三郎介紹給須藤的勇太郎先生（商人）之妻，阿繁（御嶽教信徒，五十歲）。……

——（朝日新聞五月十九日晚報）——

一心拋棄兒子的父親

公安委員[2]山田平作一直等到深夜，才到鎮上的警察署自首。這是因為長男不二男遭警方查獲不法情事。

「您辛苦了。」

署長可憐兮兮地迎接他。這已經是不二男第五次麻煩警察了。既然肩負著公安委員的頭銜，平作必須承受比其他人多上好幾倍的羞辱。

在前來的路上，平作早已下定決心，見了署長，他興奮地說：

「這一次，我已經仔細考慮了很久。我實在是無顏面對祖先的牌位了，所以我一定會下定決心，讓他斷絕跟家裡的關係、廢掉他嫡長子的身分。」

譯註1 講解、宣揚教法、經義之人。

譯註2 日本政府為維護警察之中立性與公正性，設置了公安委員會。

「這樣啊。我了解您的心情，不過呢，協助警察的人，首先一定要有一個溫暖的家庭嘛。要是您撒手不管，情況只會愈來愈糟啊。」

署長似乎是有什麼難言之隱，小野刑警接著說：

「要是讓他跟家裡斷絕關係，只會多出一個沒有用的壞人。」

他十分謹慎地說。從他的口氣中，平作彷彿聽到「別忘記父親責任」的弦外之音，忍不住堆起怒容。

「靠警察的能力，又沒辦法讓一個人振作起來。雖然是因為父母無能，才會來拜託警察啦。」

「即使警察束手無策，做父母的也不能放任不管啊。就是因為父母有這種心態，小孩才會走上歧途呢。身為公安委員更應該如此。」

小野的口氣愈來愈激烈，署長制止他。

「小野負責不二男的事件，所以才會意氣用事。熱心事業，容易一頭熱，這是他的優點，也是缺點。不二男這把年紀，結婚也不算早了，要是能替他找一門好親事，也許會定下心來吧。」

署長溫和地居中調解。聽在不知情的人耳裡，也像是溫和的話語吧，知情的人就聽得出弦外之音。這是因為平作的語氣與態度，就像在譴責一名二十初頭的不良少年，事實上，不二男現年已經三十三歲了。

因為平作對現在的老婆總是抬不起頭，所以也不曾對前妻的兒子——不二男說過什麼好聽的話。打從不二男的少年時期起，就把他當成僱來幫忙農事的男孩般養大。要是沒發生戰爭，可能會更早踏上歧途，離家出走了吧，不知道能不能說是被戰爭所救呢？，他踴躍出征了。對他來說，軍隊生活更像是他第一次的青春時代。

戰爭結束後，他愈走愈偏。儘管他依然過著像父親約聘農民般的生活，卻幹起一些非法的勾當，跟他的壞朋友策劃一些賺黑心錢的方法，也出入警局好幾次。

每一回的受害者都是平作，光是私下合解就不知道花了少錢，兒子又盜賣自己的農作物，不僅蒙受多重損失，還把面子都丟光了。不過，世人不僅不曾同情過平作，還無情地批評。

「幹嘛不僱一個免費的笨蛋來幫忙農事呢？不幫已經長大成人的長男討個媳婦，免費使喚他，才會變成這樣。」

對於世人的看法，平作一直感到氣憤不平，署長又提起要幫不二男找老婆的事，他更是氣在心裡。

「哪個女人願意嫁給他這種傢伙啊？除非是色情狂那種女人才肯嫁給他吧。」

為了發洩滿腔怒火，他像在詛咒百年仇敵般地低語。

這時，平作發現警察署裡傳來熱鬧的聲音。

「南無妙法蓮華經。南無妙法蓮華經。南無妙法蓮華經。南無妙法……」

那是宛如瀑布般源源不絕的誦經聲。雖然是女子的聲音，卻充滿拚命的氣魄。

「那是什麼？是警察署裡傳出來的吧？」

署長只能苦笑，

「從一早一直唸到深夜哦。就是那個山神的行者——加久。」

「殺人的……」

「不是，看來加久似乎與殺人事件無關。因為她實在是太吵了，我們打算在今天釋放她。」

幾天前，農民甚兵衛家發生了殺害女兒的事件。他們將瘋顛的女兒泰子（當年十八歲）關在一個房間裡，不給予飲食，毆打至死的事件。一家人疑似共謀殺人，不過山神行者加久也參與其中。她說要驅除附在泰子身上的狐狸精，在他們家住了十天，進行祈禱。鎮上的人們傳聞，不給泰子吃飯，以及後來毆打她加以訓戒，都是加久為了驅除狐狸精，下達的指示。

「經過偵訊之後，看來好像不是這麼一回事啊。這是甚兵衛一家人的計謀，為了逃過法網，把罪行推到加久身上。看來是有心人士想利用邪教來逃避殺人罪的責任，姑且不論正常人會怎麼做，演員又是更勝一籌。」

署長十分不愉快地說明。這時，小野似乎突然想到一件事，

「不二男那傢伙，好像說要當山神的信徒耶。看來加久成功拉攏了不二男。說他被死神附身。要幫他驅魔。昨天倒是沒什麼進展，到了今天早上，不二男那傢伙也雙手合十，跟著加久一起誦經了。」

聽到這件事，平作神色一變。

「所以我只要拜託加久，就能將不二男的心性引導回正途了吧？」

「警察不懂什麼神明的事哦。」

「可以讓我跟加久見個面嗎？說不定可以重振不二男的心性。」

「哈哈哈。我倒是不會阻止你們見面，不過，你先看看坐在那張長凳上，雙手合十的怪人吧。他叫做兵頭清，是二十五歲的年輕人，聽說他是加久的頭號信徒。因為擔心教祖，所以一直坐在那張凳子上不走。要是重振了心性，卻變成那副德性，說不定更麻煩啊。」

那名男子穿著一般西裝，乍看之下像是年輕的行政人員。他一直安靜地雙手合十。他並不是那種面色蒼白，看來體弱多病的年輕人，而是健壯得宛如運動選手。這樣的人一直雙手合十，反而散發出一股妖氣。平作仔細地觀察他，

「不會，像那樣反而好多了。請務必讓我跟加久見上一面。」

最後，加久願意重振不二男的心性，所以加久與兵頭清將會在平作家住上一陣子，為不二男祈禱。當天晚上，不二男與加久同時獲釋，再加上兵頭清等三人，在平作的率領之下，走出警察署。

不過，就在三、四十分鐘後，淋成落湯雞、面色慘白的平作獨自衝進警察署。

瞞騙神明的人們

據平作表示，事情的發展如下。

那天傍晚下起的雨，在平作離開之時，已經轉為滂沱大雨。平作家離鎮上有一段距離，還必須越過一座小山丘。

平作提著燈籠，率先走在山路上。那是一條僅供人們排成一列前進的小路。在滂沱大雨之中，加久又一直不斷地誦經，所以聽不見其他的聲響。走在濕滑的山路，已經讓平作無暇他顧，好不容易爬到最高處，回頭一看，發現身後只剩下加久跟兵頭，已經看不到不二男的身影。

「不二男應該在我的正後方，怎麼會突然不見了？」

「上坡的路上，他說要去小便，所以我們先走了。」

「白癡。你中了不二男的計，被他逃跑了。憑你這付德性還能驅除他的死神，重振他的心性嗎？你們已經沒用了，給我滾，不要再出現在我面前。不二男這小子，這回我可不會放過你。我要去報警，跟你斷絕父子關係。」

平作又氣又恨，回到警察署。

聽完他的話，小野刑警呼地吐出一口菸。

「我看她誦經的樣子很可疑，果然不出我所料。該說是邪教騙人呢？還是鎮上的人流行被邪教欺騙呢？就算加久騙得了別人，可騙不過我的眼睛。不用浪費時間想不二男的去處了。跟我來吧。我去把他抓回來。」

小野站起來，突然開始準備外出。

小野要平作加快腳步，衝進傾盆大雨之中。從巷子鑽進更小的巷子裡。

「噓。安靜。」

小野制止平作，走向一戶小屋子的門口，旋即停下腳步。

「啊。有人。是誰？」

平作根本沒察覺到人影。

「咦？在哪？沒有人啊？」

「不。確實有一個人往那個方向逃走了。……在這樣的傾盆大雨之中，算了。沒辦法啦。」

小野總算死了心，站在小屋子的門口。咚咚咚地敲響大門，

「晚安。大月女士。晚安。」

敲了快二十下，屋裡總算有動靜了。

「半夜找我這個獨居的女子有什麼事？」

「還不到半夜呢。還差二十分才九點。再過三個小時，才能算半夜吧。」

「是誰？醉漢吧？」

「我是警察。有點事要問妳。」

「警察？哼，一定是醉鬼吧？」

小野立刻拉高了音量，清楚地說：

「開門。我要問妳山田不二男的事。」

屋裡的女子慌了。她打開門。

「什麼事？原來是小野先生。有什麼事嗎？」

對方是莫約三十三、四歲的女子。人稱寡婦阿久的騙徒。也是一名相當美麗的女子。總之是一個八卦不絕於耳的人物。

「不二男來這裡了吧？」

「他沒來哦。」

「哼。妳跟誰睡了？裡面的男人是誰？」

「沒有人來找我哦。」

「真的嗎？我進去瞧瞧。」

「好，請吧。別瞧不起人了。幫我留點名聲讓左鄰右舍打聽吧。」

「鄰居早就習慣了啦。」

小野貿然闖進去。喀啦一聲拉開紙拉門，裡面只有一間房間，無處可躲。鼓起的棉被裡，有一名男子似乎豁出去了，爬了出來。

「嗨。這不是鈴木嗎？鈴木小助，沒想到會在這裡見到你。我會告訴你老婆。」

小野俯看著小助，咧嘴一笑。這個大叔相當於鎮上騙徒的首領。

「我可沒做什麼壞事哦。快走吧。」

「嗯。你只幹了好事呢。」

小野出言諷刺，死心地套上鞋子。

「我只問一個問題。剛才不二男來過吧？」

「就說沒有人來過嘛。」

「我不是在問其他人。我找的是不二男。二、三十分鐘前，他應該來敲過大門吧。」

「不曉得欸。我們睡得很熟。」

小野回到滂沱大雨的門外。大門啪地一聲在他身後關上，接著傳來上鎖的聲音。

「剛才逃走的是不二男。好不容易才跑到他心愛的女人身邊，沒想到已經被人捷足先登，吃了個閉門羹，他似乎偷偷地看了一下屋裡的情況。在這場大雨之中，真是辛苦他啦。不用在守寡的騙子家盯梢了。只會感冒而已。」

平作曾經聽過不二男有女友的傳聞，他想大概就是那名女子吧。

「那個女人是寡婦嗎？」

「寡婦阿久啊。村子裡最認真工作的人，很會勾引人呢。都不知道她有幾個男人了。還好現在還沒演變成殺人事件啦，不二男可要小心才行……」

走到大馬路，平作與小野道別。還好現在還沒演變成殺人事件啦……小野的一句話，深深地烙在他的腦裡。

「什麼人不愛，就愛去招惹壞女人。」

拜不二男之賜，他覺得自己的家被搞得雞犬不寧。戰爭結束之後，原本二町步[3]的田地又增為五町步，也買下山林，成了鎮上人盡皆知的大老闆之一，後

譯註3　一町步約於一公頃，約三千坪。

來又當上公安委員，不過，都是拜不二男之賜，導致人們對他的尊敬之心愈來愈薄弱了。

「我好不容易才累積這麼多的財富，只要那傢伙在世的一天……」

平作感到怒火中燒。他是一個野心勃勃的人。他根本沒把新的農地法放在眼裡。在他的腦海中，深深烙印著自古流傳的農村傳說。

太陽從這邊的山升起，從那邊的山落下，其間的土地全都是自己的，每當雞啼聲響，都會增加一升[4]黃金的大富翁。被人們稱為平民國王，每當他走在原野，除了稻草人之外，所有人都會趴伏在泥巴裡，向他跪拜。雙眼所見的一切收穫、群山的綠意，都是他的所有物。

「我唯一不能控制之物，只有太陽而已。人類那般的蛆蟲，都對我抱著敬畏心理，甚至不敢向我開口說話，我必須成為這樣的存在……」

他建構著自己的夢想。一回過神來，這才發現活在事與願違的現實之中，最讓他感到憤恨難平的，便是不二男的存在。

上了當的神明

在滂沱大雨之中，平作精疲力盡地回到家，發現自家的門口掀起了一場大騷動。加久與兵頭在門口賴著不走，一直吵著要進門，與老婆阿常爭執不休。

阿常看到平作便衝了過來，

「怎麼回事？你上哪鬼混去啦，現在才回來！」

「我去找不二男了。」

「不二男早就回來了，已經去睡啦。」

「哦。居然比我還早回來。」

「那些人，你打算怎麼辦呢？他們說要驅除附身在不二男身上的鬼跟狐狸精？真的是你拜託他們的嗎？」

譯註4　一升約於一・八公升。

「不是啦，我確實拜託過他們，後來又拒絕了。不過，唉，雨下得這麼大，把他們趕走也很可憐，今晚留他們在馬棚過夜吧。喂，你們給我過來。真不要臉，還想進我的家門。看你們可憐，今晚讓你們在馬棚過夜，你們就蓋稻草睡覺吧。」

平作將加久與兵頭帶進馬棚。

平作之所以想要將加久帶回家，本來就不是為了重振不二男的心性，而是從甚兵衛家發生的事件中得到啟發。

聽說不二男成為加久的信徒，他心裡想的是「太好了」。

平作對新興宗教壓根不感到興趣，他認為什麼教祖啦、行者啦，都是普通的人罷了，甚至跟蛆蟲差不多。占卜師稱客人為妄想者，不過占卜師並不能占卜自己的未來，只能過著無趣的生活，比妄想者更低一等，也算是蛆蟲吧。蛆蟲怎麼會有神通之力？太愚蠢了，根本不可能。

然而，這個世上確實有比蛆蟲更蠢的笨蛋，例如有笨蛋想當蛆蟲的信徒。對於這些笨蛋來說，蛆蟲也確實稱得上擁有神通之力了。

「信徒總是聽從教祖的想法。只要我對加久略施一點小惠，就能隨心所欲地操縱不二男，要是可以的話，不如乾脆把他……」

甚兵衛他們親自動手，才會被警察查獲，只要把一切都推給神明的神通之力，應該不會被發現才對。

想著想著，他開始想把加久叫進自己家了，不過，不二男的虔誠之心只是欺瞞警察的手段，回家的路上，就已經趁平作不注意的時候逃跑了，所以平作還在氣頭上，咒罵著加久。

然而，平作的想法又改變了。看到不二男跟那種壞女人和同伴一起，必須盡早把不二男收拾掉才行。小野說過的話，在平作的腦海中揮之不去。

「還好現在還沒演變成殺人事件啦……」

就連那位猜疑心重的刑警，都認為他會因為阿久的事，發展成殺人事件。

「看來可以利用這招。假裝不二男因為阿久的關係，遭人殺害……」

平作的腦海中浮現新的主意。

平作將加久與兵頭帶進馬棚裡，讓他們坐在稻草上。平作手持燈籠，站在正中央，一直盯著兩人，

「看來加久是法力相當深厚的行者，看得見附身上在不二男身上的死神與狐狸精呢。」

「我看得見。被附身的人，影子總像一陣煙霧。我還聽見狐狸的叫聲。」

「什麼嘛。你只能看見影子、聽見聲音嗎？我可是清清楚楚地看見附身在不二男身上的死神跟狐狸精的身影呢。死神跟狐狸精都攀在不二男的背上，雙手掐住脖子，雙腳纏在腰上，有如藤蔓一般，緊緊抓住不放。死神在他的右肩，狐狸精在他的左肩，不二男的臉則在正中間，像是一個長了三顆頭的怪物，不過身體只有一個，像是一株好幾百年歷史的藤蔓，纏繞成一體，完全沒有要鬆手的意思。」

「不，我會用法力將祂們驅離。」

「你明明只能看見影子，少說大話了。我可是看得很清楚，不過我卻無能為力。祂們那麼執著，又纏得那麼緊，用一般的方法已經除不掉了。不行。等一下、等等。」

平作用衣袖掩去燈籠的火光，豎起耳朵聆聽。

「哼。看來祂們已經聽見了。死神跟狐狸好猜疑，要是在祂們附近討論，很快就會被發現，過來附近偷聽。要是我們講話太大聲，會被祂們發現的，你們再靠過來一點。燈籠亮著也不行，我會把火熄掉，不過你們先伸出一隻手來。握住彼此的另一隻手，齊心協力，一起討論吧。如果不這麼做，死神和狐狸會跑進來偷聽哦。準備好了嗎？」

平作以左手牽起加久的一隻手，右手牽著兵頭的一隻手。

「你們也要緊緊握住對方的手。可別不小心抓到死神跟狐狸的手了，趁燈籠還亮著，看仔細啦。等到火熄了，不管發生什麼事，都不能把手鬆開、重新握住哦。要是不小心鬆手了，馬上就會掉包成死神或狐狸的手。好了沒？握緊了哦。

我要滅掉燈籠了。」

平作將臉湊近燈籠，吹熄燭火。馬棚立刻陷入一片黑暗，只留下燭芯殘留的微小紅點，隱約閃爍著。

「這下就沒問題了。我要說了哦，死神跟狐狸的雙手雙腳已經陷進不二男的脖子跟腰際的肉裡了，所以不能放著他不管，也沒辦法只殺掉死神與狐狸。他們就是三位一體。想救不二男，又要讓不二男的身體保持原狀，是不可能的任務。因為心臟跟脖子已經跟祂們合而為一，生死與共了，如果不能一口氣除去不二男的性命，就不能驅離死神與狐狸。從不二男的背後，一刀狠狠地刺進心臟。必須用小刀的刀刃刺穿心臟，直到完全貫穿為止。等他倒地之後，接下來要把不二男的頭砍下來。不能讓任何一絲皮膚連在一起。要徹底砍斷，身首異處才行。如此一來，就能一併砍下死神與狐狸的首級了。這麼做才能驅離死神與狐狸。只能這麼做，沒有其他法子了。你們聽懂了嗎？」

加久不停發抖，牙齒直打顫。

「沒錯。沒錯。你說得沒錯。這麼做才能驅離死神與狐狸。不這麼做，就沒有其他法子能把祂們趕走了。用刀子刺進三者合一的心臟，一直刺到刀刃完全沒入身體裡。再把三者合一的首級一併斬斷。我們必須這麼做才行。只要這麼做，一定能驅離死神與狐狸。」

「沒錯。可是啊。要是被人看見可就不好了。把不二男叫到山裡，必須在沒有人看見的深山裡下手。」

「沒有錯。我是山神的行者，所以必須把他叫到山神的膝下，才能動手。日光的深山不錯。我們必須叫他去日光。」

「對。我們必須在日光男體山的深山裡動手。往中宮祠的後方一直走，深山裡有一處池塘，在一旁的竹林動手吧。這是兵頭的任務，兵頭，你辦得到嗎？」

「沒錯。沒錯。這是阿清的工作。阿清一定辦得到。從背後一刀刺向心臟，把頭砍下來。你一定辦得到。」

兵頭在寒意與亢奮之下，變得跟石頭一樣堅硬，仍然抖個不停，聽了這句

話，他連膝蓋都開始顫抖，打顫的牙齒發出時鐘一般的咖嗒咖嗒聲，

「是，我一定使命必達。我已不再是過去的我了。如今，我能看見神明，也能聽見神明的聲音了。我會更加努力，成為偉大的行者。我一定會解決不二男的死神跟狐狸。」

聽了這句話，平作用力握住兩人的手，像波浪一般擺動雙手。

「南無妙法蓮華經。南無妙法蓮華經。」

他開始誦經。兩名瘋狂的信徒也跟隨他反覆誦唱，自然不在話下。

國王誕生

莫約十天後。日光男體山的山裡，發現一具心臟遭到刺穿，首級被砍斷的男屍。

儘管那是行者在特定日子才會走的路，當天村民正好從那裡經過，於是在兇

殺案的第二天就發現屍體。這也是一種幸運。

從慘遭殺害的男子懷裡，找到一封信，得知被害者的身分。這又是另一種幸運。被害者自然是不二男了。是隔壁縣的人。要是沒發現這封信，也許事件永遠沒辦法解決吧。

那封信的寄件人是阿久，信裡的內容大概是她會在日光等待，希望不二男來一趟。她會請人到馬返接他，再由對方帶路，要他放心跟著走。她打算在日光的山裡跟他傾訴心意，共結良緣。

「所以是情殺嗎？如果是這樣，這麼小心謹慎的嫌犯，都把頭砍斷了，怎麼可能不檢查他懷裡的信，有這麼笨的嫌犯嗎？從常識看來，沒人這麼傻吧。」

接獲日光那邊的聯絡之後，小野刑警還是逮捕了阿久，進行偵訊，清楚得知阿久當天在別的地方，而且有許多的人證。

阿久也說，她沒寫過那種信。

「喂、老兄。這封信是男人寫的哦。故意寫得歪七扭八，假裝是女人寫的。

我這個人呢。雖然是靠詐騙在過日子。不過我在國小的時候，可是跟著厲害的老師，學會了書法的精髓呢。幫我準備筆墨紙硯吧。讓你看看我的字跡。」

她寫了書法，果然寫得一手好字，宛如某個國家的公主寫出來的美字。這麼一來，只能重新搜查了，既然已經得知被害者的身分，還有那封信當證物，嫌犯所在地的範圍自然十分有限了。只要釐清跟阿久有關的男性就行了。然而，調查阿久的愛人們，發現他們全都有不在場證明。大家都是詐騙集團，所以都能清楚地舉出當天自己所在地的證人。

小野刑警心想：

「對了。信上面寫著會派男人去接不二男。總不可能派愛人去接吧，迎接的男人，一定不可能是其中一個愛人。」

前往車站調查後，發現有一個人買了前一天前往日光的車票，第二天折返。那個人便是兵頭清。

「對了。如果是兵頭的話，他曾經在警察署跟不二男見過面，才能擔任迎接使者的角色。使者一定是兵頭。」

小野高興地跳起來，搜索兵頭的下落，逮捕他的時候，他正在平作的馬棚裡，跟加久一起祈禱。

兵頭供出實情，事件就此解決。平作付給他十萬圓，還要幫加久蓋一座佛堂，做為謝禮。

儘管平作遭到逮捕，不過他行使緘默權，不發一語。也許他把在現實中無法實現的夢想，帶進監獄裡了吧。也許在監獄裡更容易實現他的夢想吧。

「我是國王。憑什麼把國王關在牢裡？」

據說，他偶爾會攀著鐵窗，咬牙切齒地大叫。

作者簡介

坂口安吾（さかぐち あんご，一九〇六—一九五五）

日本著名小說家。本名坂口炳五，一九〇六年出生於日本新潟豪門世家。一九二六年進入東洋大學印度哲學倫理學科第二科就讀。後又進入法語學校初等科就讀，熱中於閱讀莫里哀、伏爾泰等文學大家作品。大學畢業後，和法語學校認識的朋友創刊《言葉》雜誌。二十五歲開始於日本文壇展露光芒。短篇作品〈風博士〉、〈黑谷村〉獲小說家牧野信一絕讚不已，將他一舉推上日本文壇新進作家之流。戰後發表的評論〈墮落論〉與小說〈白癡〉，構築出一種頹廢的「輸家哲學」，更在社會與文學界掀起狂潮。一九四八年唯一發表的長篇推理小說《不連續殺人事件》，獲得第二屆日本推理作家協會獎。

正午的殺人

偽輕生計劃，

坂口安吾偵探推理短篇小說集

書　　名　正午的殺人
作　　者　坂口安吾
譯　　者　侯詠馨
策　　劃　好室書品
選文顧問　林斯諺
特約編輯　霍爾
封面設計　吳倚菁
內頁排版　洪志杰

發 行 人　程顯灝
總 編 輯　盧美娜
美術編輯　博威廣告
製作設計　國義傳播
發 行 部　侯莉莉
財 務 部　許麗娟
印　　務　許丁財
法律顧問　樸泰國際法律事務所許家華律師

藝文空間　三友藝文複合空間
地　　址　106 台北市安和路 2 段 213 號 9 樓
電　　話　(02)2377-1163

出 版 者　四塊玉文創有限公司
地　　址　106 台北市安和路 2 段 213 號 9 樓
電　　話　(02) 2377-1163、(02)2377-4155
傳　　真　(02) 2377-1213、(02)2377-4355
E-mail　service@sanyau.com.tw
郵政劃撥　05844889 三友圖書有限公司

總 經 銷　大和書報圖書股份有限公司
地　　址　新北市新莊區五工五路 2 號
電　　話　(02) 8990-2588
傳　　真　(02) 2299-7900
初　　版　2023 年 5 月
定　　價　新台幣 398 元
I S B N　978-626-7096-34-5（平裝）

國家圖書館出版品預行編目 (CIP) 資料

正午的殺人：偽輕生計劃，坂口安吾偵探推理短篇小說集 / 坂口安吾 著；侯詠馨 譯 .-- 初版 .
-- 台北市：四塊玉文創有限公司 , 2023.05　240 面 ; 14.8X21 公分 . -- (HINT：10)
ISBN　978-626-7096-34-5（平裝）

861.57　　112004539

SANYAU http://www.ju-zi.com.tw 三友圖書 友直 友諒 友多聞

三友官網　三友 Line@

HINT

HINT